비트겐슈타인의 조카
어떤 우정

Wittgensteins Neffe

비트겐슈타인의 조카

토마스 베른하르트 지음 · 배수아 옮김

Thomas Bernhard

베른하르트가 한 친구와의 우정에 대해 서술하는 이 작품은 1982년 발표되었으며, 1967년에서 1979년까지 작가의 자전적 기록이기도 하다. 그러므로 이 책은 작가의 어린 시절과 청소년기의 기억을 내용으로 한 5권의 자전적 작품을 잇는 연장선 위에 있다. 요양소에 머물던 작가는 열정적인 음악 토론에서 시작된 파울 비트겐슈인과의 우정과 그 내면적인 관계를 깊이 회고하게 된다. 루트비히 비트겐슈타인의 조카인 파울 비트겐슈타인은 빈의 테레지안 김나지움을 졸업한 후 대학에서 수학을 전공했다. 35세가 되던 해부터 그는 빈번한 신경증 발작을 겪었다. 오스트리아 대부호 가문의 일원으로 초반에는 경제적으로 풍요롭게 살았던 그이지만 친구들과 가난한 이들에게 재산을 생각 없이 마구 나누어 준 바람에 나중에는 그 자신이 곤궁해지고 말았다. 생의 마지막으로 갈수록 그는 점차 고독한 처지가 되었고 마침내는 주변에 친구라고는 오직 한 사람 토마스 베른하르트만이 남게 되었다. 베른하르트가 남긴 메모는 파울 비트겐슈타인의 죽음의 기록이라고도 할 수 있다. 그는 12년 동안 친구가 서서히 죽어 가는 모습을 응시했다. 또한 그 응시는 토마스 베른하르트 자신의 내면을 더욱 예리하게 관찰할 수 있는 계기가 되었다. 관찰되는 친구의 초상을 통해서 관찰하는 자의 모습도 뚜렷한 윤곽을 획득하게 된 것이다.

차례

내가 땅에 묻히는 날

이백 명의 친구들이 모일 거야

그날 자네가 내 무덤에서 연설을 해 주었으면 해

천구백육십칠년 어느 날 바움가르트너회에의 헤르만 병동에서 쉴 틈도 없이 분주하게 일하던 한 수녀 간호사가, 그 당시 막 출간 된 내 책 혼돈을 침상 머리맡에 놓아 주고 갔다. 그것은 내가 일년 전 브뤼셀의 라크루아 거리 60번지에 머물면서 쓴 책이다. 그러 나 나는 손을 뻗어 책을 집어 들 기운조차도 없었던 것이, 몇 시간 동안이나 마취 상태에 있다가 겨우 몇 분 전에야 깨어났기 때문이 다. 의사들은 나를 마취시키고 목 부분을 절개한 후 가슴에서 주 먹만한 종양을 끄집어냈다. 전쟁을 치르듯이 힘들었던 당시 엿새 동안의 일을 나는 지금도 고스란히 기억하고 있다. 극단적인 코르 티솔 처방을 받은 탓에 내 얼굴은, 의사들이 의도한 대로, 그야말 로 **보름달처럼** 부풀어 올랐다. 회진을 할 때마다 의사들은 내 보름 달 얼굴을 두고 한 마디씩 농담을 던졌고, 그들의 말대로라면 앞으 로 겨우 **몇 주, 길어야 몇 달 정도** 더 살 수 있다던 나 자신조차도 그 농담에는 웃지 않을 수가 없었다. 헤르만 병동의 일층에는 병실이 일곱 개뿐이었고 그곳에 입원한 열서너 명의 환자들은 다가오는 죽음만을 기다리는 처지였다. 환자복 차림으로 발을 질질 끌면서 복도를 왔다 갔다 돌아다니던 이들 중에서 어느 날 갑자기 누군가의 얼굴이 영영 보이지 않는 일이 종종 생겼다. 매주 한 번씩 폐 수술 분야에서 명성이 드높은 잘처 교수가 헤르만 병동에 나타났다. 키가 매우 크고 세련된 외모를 가진 그는 항상 하얀 장갑을 착용하고 보기만 해도 크나큰 존경심이 저절로 솟아나는 근엄한 걸음걸이로 소리 없이 움직이며, 그를 따르는 한 무리의 수녀 간호사들에게 둘러싸인 채 말없이 수술실로 향하곤 했다. 이 저명한 잘처 교수, 그 명성을 굳게 신뢰하는 상류층 환자들이 다들 수술받기를 원하는 (나 자신은 삼림지역 출신의 농부 아들인 작달막한 체구의 외과 과장에게 수술을 받았다) 이 의사는 내 친구인 파울 비트겐슈타인의 고모부였다. 파울은 또한 오늘날 전 학계에 널리 알려진, 아니 학계뿐 아니라 모든 사이비 학계에까지 다 알려진 저서인 **논리철학논고**를 쓴 철학자의 조카이기도 했다. 내가 헤르만 병동에 입원해 있던 그때, 친구 파울은 이백 미터 떨어진 루트비히 병동에 입원 중이었다. 그러나 루트비히 병동은 헤르만 병동처럼 폐 전문 병동, 즉 바움가르트너회에에 속한 것이 아니라 정신병동인 암 슈타인호프 소속이었다. 빈의 서쪽에 드넓게 펼쳐진 빌헬미네 산지는 몇십 년 전부터 두 개의 구역으로 구분하여 불렀는데, 하나는 내가 입원해 있는 폐병 환자들을 위한 바움가르트너회에이고 다른 한 구역은 암 슈타인호프라고 하는 정신질환자들을 위한 구역이었다. 규모가 작은 구역이 바움가르트너회에이고 더 넓은 구역이 암 슈타인호프로, 그곳의 병동에는 모두 남자 이름이 붙어 있었다. 그런데 친구인 파울이 입원해 있는 병동 이름이 하필이면 루트비히라는 사실을 들었을 때는 기분이 매우 묘해졌다. 매번 잘 처 교수가 곁눈질 한 번 하지 않고 곧장 수술실로 직행하는 모습을 볼 때마다, 나는 자신의 고모부를 어떨 때는 천재로, 어떨 때는 살인자로 지칭했던 파울의 말을 떠올리지 않을 수 없었다. 그래서 교수가 수술실로 들어가는 모습, 그리고 수술실에서 나오는 모습은 나에게 지금 수술실로 들어가는 것이 천재인가 아니면 살인자인가, 그리고 수술실에서 나오는 저 사람은 천재인가 아니면 살인자인가 하는 질문이 절로 떠오르게 만들었다. 그가 가진 의학적 명성은 나를 대단히 매료시켰다. 폐 수술 환자를 위한 병동, 그중에서도 특히 폐암 수술이 전문인 헤르만 병동에 입원하기 전까지 나는 많은 의사들을 만나보았으며, 그들 모두를 **연구하는** 일이 습관으로 굳어 있었다. 하지만 내가 잘처 교수를 만나는 순간, 예전에 보았던 의사들은 모두 순식간에 희미한 그림자가 되어 버리고 말았다. 그가 가진 남다름과 탁월함은, 꿰뚫어볼 수 있는 그런 종류가 전혀 아니었다. 나에게 그는 단지 바라보면서 경탄을 할 수 있는 대상이며, 명성 가득한 소문으로 이루어진 인물일 뿐이었다. 내 친구 파울도 말한 바가 있지만 잘처 교수는 수년 동안 **기적을 일으킨 사람**이라고 했다. 도저히 가망이 없는 환자조차도 그의 수술을 받고 나서 **몇십 년**을 더 생존한 경우가 있었으며, 그렇지 않은 환자들의 경우는, 내 친구 파울이 몇 번이나 주장했듯이, **전혀 예상치 못한 갑작스런 날씨 변화로 인해 신경질적이 된** 그의 메스 아래서 죽었노라고 했다. 사실이 무엇이든 간에, 나는 세계적인 명성을 떨치는 의사이자 내 친구 파울의 고모부인 잘처 교수에게 수술을 맡기지 않았다. 그 이유는 오직, 그가 발산하는 매혹이 나에게는 감당할 수 없을 정도로 강력했기 때문이며 또한 그의 명성이 너무도 절대적이어서 심지어 커다란 공포심마저 느꼈기 때문이다. 친구 파울이 자신의 고모부 잘처 교수에 대해서 했던 말을 들은 탓도 있으므로, 결국 나는 마지막에 최상류층 출신의 최고 명의가 아닌 삼림지역 출신이며 우직한 성향의 외과 과장에게 수술을 받기로 결정을 내렸다. 게다가 나는 헤르만 병동에 입원한 첫 주에 이미 잘처 교수의 수술을 받은 환자들이 죽어 나가는 것을 목격하기도 한 터였다. 아마도 그때는 세계적으로 명성을 떨치는 의사에게 일이 유난히 잘 안 풀리는 그런 운 나쁜 시기였을 것이다. 그러다 보니 나는 당연히 그에게 겁을 집어먹게 되었고, 따라서 삼림지역 출신의 외과 과장에게 수술을 받기로 해 버린 것이다. 지금 돌이켜 생각해 보면 그건 분명 행운이었다. 하지만 지금 와서 이런 계산은 다 쓸데없는 짓이다. 나는 잘처 교수를 최소한 일주일에 한번, 비록 문틈으로 슬쩍 보는 것뿐이더라도 어쨌든 보기는 했지만, 정작 잘처 교수의 조카인 내 친구 파울은 루트비히 병동에 입원해 있던 넉 달 동안 고모부인 교수를 단 한 번도 만나지 못했다. 내가 아는 한 잘처 교수는 자신의 조카가 루트비히 병동에 입원해 있다는 사실을 모르지 않았으니 헤르만 병동에서 루트비히 병동까지 멀지도 않은 거리를 한 번쯤 찾아가는 것은 일도 아니었을 텐데 말이다. 잘처 교수가 조카인 파울을 만나러 가지 않았던 이유가 무엇인지 나는 모른다. 뭔가 심각한 이유가 있었거나, 아니면 그냥 단순히 귀찮고 번거로워서 굳이 찾지 않았을 수도 있다. 그때 나는 헤르만 병동에 처음으로 입원을 한 것이지만 파울은 이미 그 전에도 여러 번 루트비히 병동에 입원했던 전력이 있다. 그의 생애 마지막 이십 년 동안 적어도 일 년에 두 번은, 항상 급작스러운 상황에서, 그리고 매번 가장 끔찍한 최악의 상태로, 정신병원인 암 슈타인호프로 실려 왔으며 그 간격은 시간이 지날수록 점점더 짧아졌다. 그는 간혹 오버외스터라이히 지방의 트라운 호수 인근에서 머물렀는데 그곳에서 예상치 못한 발작이 일어날 경우는 린츠 부근에 있는 바그너-야우레크 병원으로 실려 갔다. 그가 태어나고 자란 고장인 트라운 호숫가에는 비트겐슈타인 집안 소유인 오래된 농가가 한 채 있었는데 그는 평생 동안 그곳에서 거주할 권리가 있었다. 그의 정신병은 **그야말로** 오직 정신적 질병이라고밖에는 달리 표현할 방법이 없는 종류인데, 아주 젊은 시절, 그의 나이가 서른다섯 정도일 때 이미 시작되었다. 그는 자신의 병에 관해서는 극히 간략한 내용 외에는 전혀 설명하지 않았지만, 친구에 대해서 내가 알고 있는 기존의 사실을 토대로 하면 이른바 그의 정신병이란 것이 어떻게 발병하게 되었는지 추정하는 것은 그리 어렵지 않았다. 이미 어린 시절부터 파울은, 단 한 번도 정확한 병명을 판정받지 못한 정신병을 지니고 있었다. 이미 태어나는 그 순간부터 그는 일생 동안 자신을 장악해 버릴 정신병을 앓는 상태인, **정신적으로 아픈** 갓난아기였다. 다른 사람들이 정신병이 없는 상태를 당연히 여기듯이 그는 자신의 정신병을 당연한 것으로 여기며 죽는 순간까지 평생을 그렇게 살았다. 그의 정신병은 의사와 의학이란 존재가 얼마나 무능하고 도움이 안 되는지를 가장 절망적으로 입증해 준다. 무능한 의학과 의사들은 파울의 정신병에 끊임없이 새롭고 자극적인 명칭을 부여했다. 물론 그중 어느 것도 올바른 병명은 아니었다. 멍청한 의사들은 그걸 알아낼 능력이 당연히 없었으니까. 내 친구의 이른바 정신병이란 것에 붙여진 모든 병명은 전부 오류였으며, 매번 말도 안 되는 황당한 진단임이 판명되곤 했다. 하나의 병명이 나오면 그것은 늘 이전의 다른 병명과 완전히 모순되는 것이라서, 의학이 이토록 뻔뻔스럽고 무능할 수 있다니 한심하고 암담할 뿐이었다. 소위 신경정신과 의사라는 사람들이 어이없게도 친구의 병명을 한 번은 이렇게, 한 번은 저렇게 부르곤 했는데, 그것은 다른 모든 질병과 마찬가지로 친구가 가진 바로 그 질병에 들어맞는 올바른 명칭이란 아예 존재하지 않으며 항상 잘못된, 항상 오류를 불러일으키는 병명만을 붙여 왔음을 인정할 용기가 없어서였다. 다른 모든 의사들과 마찬가지로 그들도 좀 생각해 보고 모르겠다 싶으면 자신들이 편하기 위해서 늘 잘못된 병명을 아무렇게나 갖다 붙여 버렸는데, 의사들의 그런 나태하고 안이한 태도는 결국 살인과 마찬가지인 셈이니 그것을 어떻게 인정하겠는가. 아주 조그만 계기라도 발견하면 그들은 예외 없이 광기라는 어휘를 입에 올렸고 툭하면 우울증이라는 말을 입에 달고 다녔는데 둘 다 한 번도 올바른 진단인 적이 없었다. 항상 그들은

(다른 모든 의사들과 마찬가지로!) 하나의 전문 용어에서 다른 전문 용어로 달아나는 데만 능숙했으며 그럼으로써 (환자가 아니라!) 자기 자신을 지키고 방어하는 데만 전문가였다. 다른 모든 의사들과 마찬가지로 파울을 치료한 의사들도, 환자와 자신 사이에 도저히 넘을 수도 없고 통과할 수도 없는 라틴어의 장벽을 견고하게 세우고는 그 뒤로 숨어 버렸다. 그것은 수백 년 전부터 현재까지 의사라는 종족이 항시 해 오고 있는 자기방어술로, 자신들의 무능함과 사기 행각을 그럴듯하게 위장하겠다는 거짓의 방편이었다. 그들은 치료가 시작되자마자 가장 먼저 라틴어의 장벽을 자신과 희생자인 환자 사이에 설치하곤 하는데, 그것은 실제로 눈에 보이지는 않지만 일반적인 다른 장벽들보다 더욱 견고하고 강력한 차단 효과가 있었다. 그런 의사들이 적용하는 치료법이라는 것은 따라서 전부 비인간적이고 살인적이며 치명적일 수밖에 없다. 정신과 의사란 가장 무능한 족속이며 그 어떤 경우라도 과학자라기보다는 강간살인범에 가깝다. 일생 동안 내가 가장 두려워한 일은 정신과 의사의 손아귀에 나를 맡기는 것이다. 결국은 재앙만을 불러온다는 점에서는 다른 의사들도 다를 바가 없지만, 그래도 정신과 의사에 비하면 그나마 덜 위험하다. 현대 사회에서 정신과 의사란 자신들만의 논리를 완벽하게 구축해 버린 집단이어서 그 어떤 외부의 영향이나 충격에도 끄떡이 없다. 뿐만 아니라 그들이 내 친구 파울에게 적용한 치료 방식이란 것이 얼마나 냉혹한지 똑똑히 목격한 이후로 나는 그들이 예전보다 훨씬 더 심하게 두려워졌다.

정신과 의사란 우리 시대의 진짜 악마이다. 그들은 문자 그대로 외부의 모든 개입을 완전히 차단한 채 파렴치한 영업을 꾸려 나가며, 자신들의 이익을 위해서는 법도 없고 양심도 없다. 마침내 자리에서 일어나 창가로 다가갈 수 있게 되었을 때, 나는 복도로 나가 죽음의 번호표를 부여받았으나 아직 걸을 능력은 있는 다른 환자들과 함께 병동의 한쪽 끝에서 반대편 끝으로 어슬렁거리며 다니다가 어느 날 드디어 헤르만 병동 밖으로 걸어 나가게 되었다. 나는 그 상태로 루트비히 병동까지 걸어가 보려고 했다. 하지만 그건 내 기력을 스스로 지나치게 과대평가한 것이었으므로, 나는 에른스트 병동 앞에서 걸음을 멈추어야만 했다. 그곳 담벼락에 고정된 벤치에 주저앉아 쉰 다음에야 다시 헤르만 병동으로 되돌아갈 기운을 회복할 수 있었다. 환자가 몇 주간 혹은 심지어 몇 달 동안 침대에서 누워만 지내다가 다시 일어서게 되면, 그 사이 자신의 체력이 얼마나 쇠약해졌는지를 전혀 실감할 수가 없다. 그래서 처음부터 터무니없이 벅찬 일을 시도하게 되고, 그렇게 멍청한 일을 벌이다 보면 심할 경우에는 도로 몇 주 전의 상태로 되돌아가 버릴 수가 있다. 많은 이들이 바로 나와 같은 그런 급작스러운 행위를 시도했다가, 수술 덕분에 간신히 모면했던 죽음의 손아귀에 제대로 붙잡혀 버리는 것이다. 생애 내내 경중의 차이는 있을지라도 항상 변함없이 무거운 질병, 아주 심각한 질병들을 늘 달고 살아왔고 마침내 최종적으로는 소위 **불치**라고 **하는 병**까지 걸린 처지인 나는 사실 환자 역할에 꽤 능숙하다고 할 수 있는데도 불구하고 자꾸만 아마추어 환자처럼 용서받을 수 없는 멍청한 실수를 저지르게 된다. 처음에는 네다섯 발자국을 걷는다. 그다음에는 열이나 열한 발자국, 그리고 나서 열세 발자국이나 열네 발자국을 떼어야 한다. 환자란 그렇게 움직여야 하지 몸을 일으킬 수 있다고 당장 일어나 밖으로 나가 막 걸어 버리면 대개는 치명적인 결과를 불러오는 것이 보통이다. 하지만 몇 달 동안 병실에 갇혀 지냈던 환자는 그동안 몹시도 바깥을 그리워했으므로, 마침내 병실 밖으로 나갈 수 있게 된 그 순간 도저히 더는 참기가 어렵다. 그래서 복도를 몇 발자국 걷는 것만으로는 결코 만족하지 못한다. 그것으로는 어림도 없다. 그는 바깥으로 걸어 나가고, 그 결과 스스로를 죽이고 만다. 의술에 문제가 있어서가 아니라 이처럼 너무 이르게 밖으로 나가는 바람에 죽는 이들이 아주 많다. 거기에 대해서 의사들에게 비난을 쏟아부을 수도 있다. 하지만 비록 의사들이 무관심하고 양심도 없고 심지어 둔감하다고 해도, 그래도 원칙적으로 그들은 환자의 상태가 호전되기를 바란다. 환자들도 환자 입장에서 최선을 다할 의무가 있다. 너무 이른 시기에(혹은 너무 늦은 시기에!) 병상에서 일어나거나 너무 이른 시기에 밖으로 너무 멀리 나가거나 해서 의사의 노력을 헛수고로 만들어 버려서는 안 된다. 그런데 나는 너무 멀리까지 나간 것이 맞았다. 에른스트 병동은 당시 내 상태로는 참으로 먼 거리였다. 원래는 프란츠 병동 앞에서 그만 돌아갔어야만 옳았다. 하지만 나는 친구의 얼굴을 꼭 보고 싶었다. 기운이 완전히 빠진 채 숨을 무섭게 헉헉대면서, 나는 에른스트 병동 앞 벤치에 앉아 나무들 사이로 루트비히 병동을 건너다보았다. 폐 수술을 받긴 했지만 정신병 환자가 아닌 사람을 루트비히 병동 안으로 호락호락 들어가게 하지는 않을 거야, 하고 나는 생각했다. 폐질환자들이 자기 구역을 벗어나 정신질환자 구역으로 가는 것은 엄격하게 금지되어 있었고 그 반대도 마찬가지였다. 두 구역은 높은 철책으로 분리되어 있기는 하지만 그 철책은 군데군데 녹이 슬어서 커다란 구멍이 생기는 바람에 누구나 원하면 그 사이를 기어서라도 간단하게 통과하여 다른 구역으로 넘어갈 수가 있었다. 지금 내 기억에 의하면 폐질환자 구역에서 정신질환자들을 매일 볼 수가 있었고, 반대로 정신질환자 구역으로 가는 폐질환자들도 늘상 있었다. 하지만 처음으로 헤르만 병동에서 루트비히 병동으로 가려고 시도했던 그날, 나는 환자들이 두 구역을 빈번히 왔다 갔다 한다는 사실을 아직 모르고 있었다. 더 시간이 흐른 다음에는 소위 폐질환 구역에서 정신질환자들을 매일같이 마주치는 일에 익숙해지긴 했지만 말이다. 저녁이 되면 병원 경비들이 정신질환자들을 붙잡아 환자용 구속복을 강제로 입히고는 루트비히 병동으로 끌고 갔다. 나는 정신질환자들이 고무방망이로 얻어맞으면서 폐질환자 구역에서 정신질환자 구역으로 쫓겨가는 것을 두 눈으로 직접 목격했다. 비참한 비명소리가 울려 퍼졌고, 그 비명은 깊은 밤 꿈속에서까지 들려오며 나를 고통스럽게 했다. 폐질환자들이 자기 구역을 떠나 정신질환자 구역으로 향하는 것은 순전히 호기심 때문이었다. 그들은 뭔가 자극적인 사건이 일어나 주기를 간절히 기대하고 있었다. 그래야만 온종일 죽음의 공포에 시달리면서 보내야 하는 못 견디게 길고 지루한 하루가 조금이라도 짧아질 테니 말이다. 그런데 그런 기대는 실제로 들어맞았다. 내가 폐병동을 떠나 정신병동 방향으로 갈 때마다, 눈에 보이는 정신질환자들은 모두 예외 없이 어떤 종류이든 한바탕 소동을 벌이고 있었던 것이다. 어쩌면 시간이 좀 흐른 다음에는 내가 직접 목격한 정신병동의 풍경을 글에서 묘사할 수도 있을 것이다. 그러나 아직은 아니다. 지금 에른스트 병동 앞 벤치에 앉아 있는 나는, 적어도 일주일은 지나야 다시 루트비히 병동으로 걸음을 옮겨 볼 수 있을 것만 같았다. 그날 나에게는 헤르만 병동으로 되돌아갈 기력밖에 남지 않았기 때문이다. 나는 한동안 벤치에 앉은 채로, 끝없이 드넓게만 보이는 공원 이곳저곳에서 나무를 오르락내리락하며 뛰어다니는 다람쥐들을 바라보고 있었다. 다람쥐들은 오직 한 가지에만 열정적으로 몰두해 있는 듯했다. 그들은 땅바닥에 널려 있는, 폐질환자들이 사용하고 버린 휴지를 날쌔게 낚아채서 나무 위로 쏜살같이 올라갔다. 휴지를 입에 문 다람쥐들이 이 방향에서 저 방향으로, 그리고 저 방향에서 이 방향으로 재빠르게 휙휙 왔다 갔다 했는데, 점차 날이 저물고 흐릿한 어둠이 내리기 시작하자 그것은 희미한 하얀 점들이 저 혼자서 허공을 날렵하게 이동하는 것처럼 보였다. 나는 벤치에 앉아서 그 광경을 가만히 즐겼다. 휴지를 물고 다니는 다람쥐들을 바라보고 있으니 그에 관한 연상들이 저절로 떠오르며 자연스럽게 꼬리를 물고 이어졌다. 때는 유월이었다. 저녁이 막 시작된 참이었고 병동의 창문은 열려 있었으며, 마치 천재 작곡가의 음악을 연주하듯 환자들이 정확한 대위법 리듬에 맞추어 기침을 해 대는 소리가 창밖으로 들려왔다. 간호사들의 인내심이 한계를 넘어서면 곤란하므로 나는 자리에서 일어나서 헤르만 병동으로 돌아갔다. 수술을 하고 나니 실제로 호흡하기가 더 수월해졌다고 나는 생각했다. 정말로 숨쉬기가 훨씬 편하고 심장이 자유로워진 듯하다고. 그렇지만 불안이 사라진 건 아니었다. 코르티솔이란 단어와 그것에 연관된 치료법은 내 마음에 어두운 그늘을 드리웠다. 하지만 내가 하루 종일 절망에만 빠져 있었던 것은 아니다. 아침이면 절망 속에서 잠이 깨었지만 그 절망에서 벗어나려고 노력을 했고, 그렇게 보통 정오 정도까지는 절망을 피해 갈 수 있었다. 절망은 오후가 되면 다시 고개를 쳐들었고 저녁이 되면 사라졌다. 하지만 밤에 문득 잠에서 깨어날 때면, 절망은 당연하게도 가장 잔인하고 가혹하게 나를 고문했다. 나는 죽어 나가는 환자들을 여럿 목격했다. 의사들은 그들을 치료한 것과 똑같은 방식으로 나를 치료했고, 그들에게 했던 똑같은 말을 나에게 하였으며, 그들과 나누었던 똑같은 내용의 대화를 나와 나누었고, 그들에게 한 것과 똑같은 농담을 나에게 하였으므로, 아마도 내 앞에 놓여 있는 길은 이미 죽어 간 다른 환자들과 크게 다르지 않으리라는 생각이 들었다. 헤르만 병동에서 그들은 대부분 비명 한 번 지르지 않고, 도와 달라는 외침도 없이, 그 어떤 소리도 내지 않은 채로 눈에 뜨이지 않게 죽어 갔다. 이른 아침이면 그들의 텅 빈 침대가 복도에 나와 있었다. 말끔하게 새 시트가 덮여서, 다음 환자를 기다리면서. 간호사들은 우리가 그들 곁을 지나갈 때 조용히 미소를 지었다. 우리가 죽음을 예감하고 있다는 사실은 그들에게 아무런 문제가 되지 않았다. 종종 나는 자문하곤 했다. 왜 나는 내가 가야 할 그 길을 가려 하지 않는가? 왜 나는 다른 모두가 가는 그 길을 얌전히 따라가지 않는가? 아침에 잠에서 깨어날 때마다 죽지 않으려고 안간힘 쓰는 이유는 도대체 무엇인가? 무엇 때문에 그러는가? 물론 이 글을 쓰고 있는 이 시간에도 역시 나는 스스로에게 묻고 또 묻는다. 그때 그냥 굴복해 버리는 편이 더 낫지 않았을까. 그랬다면 나는 분명 아주 짧은 시일 안에 나의 길을 갔을 것이다. 분명 몇 주를 넘기지 못하고 죽었을 것이다. 그렇게 나는 확신한다. 그러나 나는 죽지 않고 살아남았으며 지금 이 글을 쓰는 순간까지도 살아 있다. 내 친구 파울은 처음에는 내가 헤르만 병동에 있다는 것을 전혀 몰랐지만, 어느 날 우리 둘 모두와 알고 지내는 사이이면서 둘 모두를 번갈아 가면서 병문안 오던 친구 이리나가 그 사실을 떠벌이는 바람에 결국 알게 되었다. 어쨌든 내가 헤르만 병동에 입원해 있는 시기에 내 친구 파울 역시 루트비히 병동에 입원해 있다는 사실은 나에게 긍정적인 전조로 다가왔다. 나는 파울이 이미 몇 년 전부터 종종 암 슈타인호프에 입원을 해 왔고, 또 그때마다 몇 주 혹은 몇 달이 지나면 다시 퇴원했던 것을 잘 알고 있었다. 그래서 나도, 비록 그와 나의 경우가 너무도 달라 서로 비교한다는 것이 결코 이치에 맞지는 않지만, 나도 그와 마찬가지로 몇 주일이나 몇 달만 지나면 이 곳에서 퇴원하게 될지도 모른다고 멋대로 상상해 보곤 했다. 그런데 그 상상은 단순히 상상만은 아니었다. 넉달 뒤, 나는 다른 사람들처럼 죽어서가 아니라 살아서 바움가르트너회에를 떠날 수 있었고 파울은 이미 훨씬 전에 퇴원해 있었다. 하지만 에른스트 병동에서 헤르만 병동으로 돌아가던 그날 내 머릿속에는 이제 곧 죽게 될 거라는 확신만이 가득했다. 내가 헤르만 병동을 살아서 나갈 수 있으리라고는 정말 예상하지 못했다. 그러기에는 헤르만 병동에서 보고 들은 것이 너무 많았다. 내 마음에는 온갖 불안과 절망이 들끓었지만 단 한 가지, 희망의 불씨만은 전혀 느낄 수가 없었다. 일반적인 믿음과는 달리 부드러운 황혼이 내려도 마음은 전혀 진정되지 않았으며 도리어 견디기 힘들 정도로 침울하게 가라앉아 버렸다. 어디에 갔다가 이렇게 늦었느냐고 질문을 퍼붓고 내 행동이 무책임하고 한심하다고 질책하는 당직 간호사의 설교가 끝나자 나는 그대로 침대에 쓰러져 깊은 잠에 빠져들었다. 그러나 사실 바움가르트너회에에서 나는 단 하룻밤도 깊이 잠들어 본 적이 없다. 헤르만 병동에 입원해 있을 때 나는 대개 잠든 지 한 시간 정도 후에 다시 깨어나곤 했다. 존재의 깊은 심연으로 끌려 들어가는 악몽 때문에 소스라치며 잠에서 깨거나, 아니면 앞 병실에서 다른 환자가 긴급 도움을 요청하거나 혹은 사망하는 바람에 복도에서 들려오는 두런거리는 소음, 혹은 옆 침상의 환자가 병에 오줌을 누는 소리 때문에 잠에서 깨어날 수밖에 없었다. 옆 침상의 환자에게는 소음 없이 오줌병 사용하는 법을 몇 번이고 반복해서 설명해 주었지만 그는 단 한 번도 제대로 한 적이 없었다. 심지어는 병을 내 침상의 철제 서랍장에 부딪히기까지 했다. 그것도 한두 번이 아니라 벌써 여러 번이나 말이다. 그때마다 분노가 치민 나는, 소리 내지 않고 조심해서 오줌병을 다루면서 나를 깨우지 않는 요령에 대해 그에게 한바탕 강의를 해야만 했으나 다 소용없는 짓이었다. 매번 그는 창가 쪽에서 자는 나뿐만 아니라 문쪽 침상의 환자까지도 깨워 버리곤 했다. 문쪽 침상의 환자인 이머폴 씨는 경찰관이었는데, 17-4 카드 놀이에 푹 빠진 인물이었다. 그에게서 처음 17-4 카드 놀이를 배운 나도 그 이후로 오늘까지 놀이에서 손을 떼지 못하고 있다. 하여튼 한밤에 잠에서 깨어나는 이런 사태는 종종 나를 미치기 직전으로 몰고 갔다. 정말로 발광해 버리고 싶은 기분이 들기도 했다. 수면제를 먹어야 간신히 잠이 드는 환자가 한 번 잠에서 깨면, 그것도 바움가르트너회에와 같이 중병 환자, 죽어 가는 환자들만이 입원해 있는 병원에서라면, 다시 잠이 들기란 사실상 거의 불가능하다. 내 바로 옆 침상의 환자는 신학도로서 그린칭, 더욱 정확히는 슈라이버벡, 즉 빈에서 가장 고급스럽고 가장 비싼 지역에 사는 법관 부부의 아들이었는데 철두철미하게 자기중심으로만 살아 온 젊은이였다. 그는 일생 동안 단 한 번도 다른 사람과 방을 함께 써본 일이 없었다. 아마 모르긴 몰라도 다른 사람과 한방에 있을 때는 남에게 폐가 되지 않도록 조심해야 한다고, 특히나 신학도의 입장이라면 더더욱 당연히 그래야 한다고 가르쳐 준 것은 내가 최초였을 것이다. 하지만 그 젊은이를 가르친다는 것은 거의 불가능에 가까웠다. 최소한 초 반에는 분명 그랬다. 그는 나 다음으로 병실에 입원했는데, 마찬 가지로 회복의 가망이 없는 상태였다. 의사들은 나와 마찬가지로 그리고 다른 환자들과 마찬가지로 그의 목 부위를 절개하고는 종 양 덩어리를 꺼냈다. 딱하게도 그는 수술 도중에 거의 죽을 뻔했 는데 **구사일생으로** 살아났다고 한다. 그의 수술을 맡은 의사는 잘 처 교수였다. 하지만 그렇다고 해서 다른 의사가 수술을 했더라면 **죽을 뻔한** 고비가 없었을 거란 말은 물론 아니다. 그가 우리 병실 에 처음 입원할 때, 나는 역시 신학생이니 대우가 다르다고 생각 했다. 수녀 간호사들이 그에게 얼마나 지극정성인지 극심한 거부 감이 들 정도였다. 간호사들은 온갖 방법을 동원하여 그를 돌보고 그에게만 온갖 신경을 쓰느라 나와 경찰관인 이머폴 씨는 그만큼 뒷전으로 밀려나 버렸다. 예를 들어서 야간 당직 간호사는 밤새 다 른 환자들로부터 선물로 받은 초콜릿, 포도주, 갖가지 과자들을 아침이면 전부 신학도의 침대 곁 서랍장에 올려다 놓을 정도였다. 물론 이것들은 빈 시내의 최고급 제과점인 데멜과 레만을 비롯하 여 역시 마찬가지로 유명한 시청 옆 슐루카 제과점에서 사온 제품 들이었다. 그뿐 아니라 간호사들은 병원 처방에 따라 환자들에게 하루 한 잔씩 허용되는 따뜻한 와인 음료수를, 지금까지도 내가 세상에서 가장 사랑하는 음료인 그것을 신학도에게만은 예외로 두 잔을 주었다. 와인 음료수를 마시는 것은 죽을병에 걸린 환자들만이 입원해 있는 헤르만 병동의 관행이었으며, 죽음을 앞둔 환자에게 침상 곁으로 날라다 주는 따뜻한 와인 음료수는 하나의 상징적인 의식이었다. 그러나 나는 얼마 지나지 않아 버릇없는 신학도의 방자함을 고쳐 놓을 수 있었다. 그의 옆 침상에 있는 경찰관 이머폴 씨도 그 점에 대해서 나에게 고마워했다. 나와 마찬가지로 이머폴 씨 또한 신학도의 이기적인 행동 때문에 못 견뎌 하고 있었기 때문이다. 나나 이머폴 씨 같은 장기 입원 환자는 이미 한참 전부터 자신에게 주어진 역할에 익숙해진 상태였다. 눈에 뜨이지 않기, 남을 배려하기, 없는 듯이 조용히 있기 등등의 역할을 잘 수행해야만 장기간의 병원 생활을 그나마 수월하게 견딜 수가 있다. 반항과 고집, 제멋대로 하려는 이기심 등을 버리지 않는다면 시간이 지날수록 신체는 위험할 만큼 쇠약해진다. 그러므로 태도를 바꾸지 않는다면 장기 입원 환자는 도저히 오래 버틸 수가 없는 것이다. 신학도는 혼자 일어나서 화장실에 갈 만한 기력이 있었기 때문에 어느 날 나는 그에게 오줌병 사용을 금지시켰다. 그러자 너무도 기꺼이 신학도의 오줌병을 비워 주곤 하던 수녀 간호사들이 즉시 나에게 반발했다. 하지만 나는 그가 직접 화장실로 가서 용변을 보아야 한다는 주장을 굽히지 않았다. 나나 이머폴 씨는 용변을 보기 위해 바깥 화장실로 가야 하는 데 반해서 왜 신학도만이 침대에 누운 채로 편하게 자신의 방광을 비울 자격이 있단 말인가. 그렇지 않아도 숨 막히게 탁한 병실 공기에 짜증나는 악취까지 풍겨 가면서 말이다. 결국 나는 승리를 쟁취했다. 그 신학도의 이름은 잊어 버렸다. 아마도 발터였던 것 같지만 확실하지는 않다. 어쨌든 그는 화장실로 가서 용변을 보았고, 골이 난 수녀 간호사들은 며칠 동안 나에게 눈길 한 번 주지 않았다. 하지만 그런 건 나에게 아무런 상관이 없었다. 내 간절한 바람은 오직 한 가지, 언젠가 파울을 만나러 갈 수 있는 그날, 예고 없이 그를 방문해 깜짝 놀라게 해 줄 날이 오는 것이다. 그렇지만 그를 만나러 나섰다가 에른스트 병동에서 그만 되돌아와야만 했던 첫 번째 실패 이후 나는 그날이 저만큼 뒤로 물러나 버리고 말았음을 알았고, 한동안 침대에 누워 바깥을 내다보면서 지냈다. 창밖에 보이는 항상 똑같은 풍경, 커다란 소나무의 꼭대기로 시선을 주었다. 한 주일 내내 좀처럼 병실을 떠날 용기를 내지 못하고 있는 동안 창밖 소나무 뒤편으로 해가 떠올랐다가 저물었다. 우리 둘 다를 알고 지내는 친구 이리나가 파울을 방문하고 돌아가는 길에 나를 찾아왔다. 내가 파울 비트겐슈타인과 처음으로 대화를 나누었던 곳은 블루멘슈톡가세에 있는 이리나의 집이다. 그때 파울과 이리나는 슈리히트가 지휘한 런던 필하모닉의 하프너교향곡에 관해서 열띤 토론을 벌이고 있었는데, 그들의 대화 중간에 내가 불쑥 끼어들게 된 것이다. 그것은 나에게 매우 흥미로운 화제였다. 그들과 마찬가지로 나 또한 그 토론이 있기 바로 전날 빈 음악협회에서 슈리히트가 지휘하는 교향곡을 들었고, 내 음악적 생애를 통틀어 이보다 더욱 완벽한 연주는 들어 본 적이 없다는 느낌을 받았기 때문이다. 나, 파울, 그리고 그의 친구이자 뛰어난 음악적 재능의 소유자

이며 예술에 대한 비범한 식견을 가진 이러나, 우리 세 사람 모두
는 그 연주회에 관한 취향이 일치했다. 물론 전적으로 그날의 토
론 때문만은 아니었지만 그래도 그 토론이 우리의 관계에 어떤 결
정적인 역할을 한 것은 맞았다. 우리 세 사람 모두가 그 점을 동시
에, 셋 다 똑같은 정도로 느꼈다고는 말할 수 없지만, 그래도 어쨌
든 그 토론이 이루어진 몇 시간 안에 파울을 향한 내 우정이 나 자
신도 모르는 사이 저절로 싹튼 것은 사실이다. 나는 이미 몇 년 전
부터 그를 여러 번 본 적이 있긴 하지만 한 번도 서로 대화를 나누
지는 않았는데 여기 이곳 블루멘슈톡가세, 세기 전환기에 지어진
승강기도 없는 건물의 오층에서 우정이 시작되었다. 우리는 수수
하지만 편안한 가구로 꾸며진 아주 커다란 방에 있었다. 그곳에서
우리 셋은 내가 좋아하는 지휘자인 슈리히트와 내가 좋아하는 교
향곡인 하프너 교향곡, 그리고 우리의 우정에 결정적인 역할을 한
그 연주회에 관해서 완전히 지쳐 버릴 때까지 몇 시간이고 쉬지
않고 대화를 나눈 것이다. 다른 것에는 전혀 아무런 관심을 두지
않고 오직 음악만을 향하는 파울 비트겐슈타인의 열정은, 우리의
친구 이러나도 그런 점에서 그를 평소에 늘 높이 칭송하곤 했지
만, 즉시 내 마음을 강하게 사로잡았다. 그는 특히 모차르트와 슈
만의 대규모 오케스트라 작품에 대해서라면 모르는 것이 없을 정
도로 대단히 박식했다. 단 한 가지 섬뜩할 만큼 기이하게 느꼈던
점은, 나로서는 좀처럼 이해하기 힘들었던 오페라에 대한 지나친
열광이었다. 그의 광적인 오페라 사랑은 빈 전체에서도 유명했는

데 단순히 두려울 정도의 열성을 넘어서 실제로 치명적인 수준임이 곧 드러났다. 그의 뛰어난, 음악뿐만 아니라 예술 전반에 걸친 높은 지식은 다른 이들의 것과는 확연하게 구별되었다. 그는 예를 들어서 자신이 들었던 음악과 연주회를 끊임없이 비교했으며, 음악의 거장들과 오케스트라를 연구하고 분석하기를 멈추지 않았기 때문이다. 그리고 자신의 비교와 분석을 항상 검증했으므로 그의 모든 지식은, 내가 곧 파악한 바와 같이, 늘 최고 수준의 확실성을 유지할 수 있었다. 그런 점들은 나를 매혹해서 파울 비트겐슈타인이라는 비범하고 뛰어난 친구를 더욱 쉽게 받아들이게 만들었다. 우리의 친구 이라나 또한 파울 비트겐슈타인에 뒤지지 않는 주목할 만한 모험적 운명의 소유자이다. 손가락으로 셀 수도 없이 많은 애인들이 있었고 그만큼 결혼도 여러 번 했던 그녀는 그 어렵던 시기에 빌헬미네 산 병원으로 우리를 자주 찾아와 주었다. 붉은색 털실로 뜬 겉옷을 입은 이라나는 면회시간 따위는 전혀 개의치 않은 채 마음 내키는 때에 빌헬미네 산에 나타나곤 했다. 이미 말했듯이 유감스럽게도 그녀가 파울에게 내가 헤르만 병동에 입원한 사실을 누설하는 바람에 예고 없이 루트비히 병동의 그를 찾아가 깜짝 놀라게 해 주려던 내 계획은 물거품이 되고 말았다. 따지고 보면 내가 파울과 친구가 된 것은 모두 지금은 어떤 음악평론가라는 남자와 결혼하여 부르겐란트 지방에서 목가적인 생활을 하고 있는 이라나 덕분이다. 내가 헤르만 병동에 입원한 것은 그렇게 파울을 알게 된 지 이삼 년 뒤의 일이다. 우리 둘이 갑작스럽게, 그것도 동시에 삶의 끝이라고 하는 빌헬미네 산 병원에 또다시 안착해 버린 이 상황을, 나는 결코 우연이라고 보지 않았다. 하지만 그 사실에 너무 많은 신비함을 덧붙일 생각도 없었다. 나는 헤르만 병동에 누워 있지만 루트비히 병동에 내 친구인 파울이 있고, 그런 이유로 이곳에서 나는 혼자가 아니니 그것으로 족하다는 생각이었다. 그러나 설사 파울이 거기 없었다고 해도 그 시기 바움가르트너회에서 나는 완전히 고독하지는 않았을 것이다. 그때 나에게는 내 인생의 사람이 있었기 때문이다. 조부의 죽음 이후 빈에서 내가 살아가는 데 결정적인 역할을 해 준 사람, 내 삶의 여인, 삼십 년도 더 전에 그녀가 내 곁에 나타난 이후부터 내 삶의 단지 많은 부분 정도가 아니라 솔직히 말하면 삶 전체가, 삶의 거의 모든 것이 오직 그녀 덕분에 가능했다. 그녀가 없었다면 나는 지금 아예 살아 있지 못할 것이며, 정신이 돌아버린 듯하고 불행하지만 동시에 행복하기도 한 오늘날의 나 자신이 되지도 못했으리라. 이 말, 내 인생의 사람이란 말 뒤에 어떤 의미가 숨겨져 있는지 나와 가까운 이들은 모두 잘 알고 있다. 삼십 년이 넘는 세월 동안 나는 그 사람으로부터 살아갈 힘을 얻었고, 그 사람으로 인해 삶을 유지할 수 있었다. 내가 살아 있는 이유는 그 이외의 다른 무엇도 아니다. 이것이 진실이다. 그녀는 모든 면에서 나에게 모범이 되어 주며, 영리하고, 결정적인 순간에 나를 홀로 내버려 두는 일은 결코 없다. 나는 지난 삼십 년간 거의 모든 것을 그녀로부터 배웠거나, 그게 아니라면 적어도 모든 것을 이해하는 법을 배운 것은 확실하다. 뿐만 아니라 오늘날까지도 가장 결정적인 것은 그녀로부터 배우고 있으며, 최소한 결정적인 면을 파악하는 법은 확실히 그녀의 도움을 받는다. 당시에도 그녀는 거의 매일 병원으로 나를 찾아와 침상 곁에 앉아 있곤 했다. 찌는 듯이 무더운 날씨에 산더미처럼 많은 신문과 책을 싸 들고 바움가르트너회에의 언덕 꼭대기로, 독자들도 이미 다 알고 있으리라 예상되는 병원의 바로 그런 분위기 속으로 찾아오는 것이다. 내 인생의 사람은 그때 이미 일흔이 넘은 나이였다. 하지만 만약 지금 내가 다시 병원에 입원하게 된다면, 그렇다면 여든 일곱 살인 그녀는 그때와 똑같이 할 것이라고 나는 생각한다. 하지만 지금 내가 쓰는 글의 중심은 내 인생의 사람이 아니다. 비록 내가 빌헬미네 산 병원에 입원해 있으면서 고립되고, 밀려나고, 이미 죽은 사람 취급을 받던 당시 그녀가 내 삶과 내 존재에 참으로 커다란 역할을 한 것이 맞지만, 지금 이 글의 중심은 그때 나와 같은 시기 빌헬미네 병원에 입원해 있었던, 마찬가지로 고립되고, 밀려나고, 이미 죽은 사람 취급을 받던 내 친구 파울이다. 나는 파울과의 기억을 단편적으로나마 기록하면서 그를 다시 한 번 더 분명히 되살려 보려고 한다. 이 작업은 당시 내 친구의 절망적인 상황뿐만 아니라, 출구라고는 보이지 않던 나 자신의 절망까지도 분명히 상기시켜 줄 것이다. 그 시기 친구 파울이 삶의 막다른 골목에 다시금 직면하게 된 것처럼, 나 또한 삶의 막다른 골목을 마주하고 있었다. 아니 더욱 정확히 표현하면 막다른 골목으로 쫓겨간 것이다. 파울과 마찬가지로 나 또한 내 전 존재를 지나치게 치열하게 몰고 간 것이 원인이었다. 즉 자신을 과도 평가한 나머지 능력의 한계를 넘어선 지점까지 스스로를 소모해 버린 탓이라고 말할 수밖에 없다. 파울과 마찬가지로 나 또한 매번 할 수 있는 것 이상으로 자신을 혹사했으며, 기회가 있을 때마다 내가 가진 모든 가능성을 초월하려고 했고 나 자신뿐 아니라 그 무엇도 전혀 돌보지 않는 거의 병적인 무모함을 가지고 무조건 한계를 뛰어넘으려고 했다. 그러한 무모함은 결국 파울을 망가뜨렸고 그리고 언젠가는 나 자신도 파울처럼 망가뜨려 버릴 것이다. 자신과 세계에 대한 병적인 과대망상 때문에 파울이 파멸했듯이 나 역시 조만간에 자신과 세계에 대한 과대망상으로 파멸에 이를 것이다. 파울과 마찬가지로 나 역시 그 시절 완전히 망가져 버린 과대망상의 결과물이 되어 빌헬미네 산 병원의 침상에서 잠을 깨곤 했다. 지극히 당연하게도 파울은 정신병동에서, 나는 폐질환 병동에서, 즉 파울은 루트비히 병동 그리고 나는 헤르만 병동에서 말이다. 파울이 수년 동안 그 자신의 광기에 휩싸인 채 죽음을 향해 내달렸듯이, 나 역시 수년 동안 나 자신의 광기에 휩싸인 채 어느 정도는 스스로 죽음을 향해 내달린 것이 맞다. 그러다 파울의 경우는 매번 정신병원에 입원하는 것으로 죽음의 질주가 일단 중단되곤 했으며, 내 경우는 매번 폐병원에 와서야 한바탕 광기가 중단되곤 했다. 파울이 매번 자신과 주변 세계에 대항해 최대치의 반항을 벌이다가 정신병원에 실려와야 했듯이, 나 역시 매번 나 자신과 주변 세계에 대항해 최대치의 반항을 벌이다가 폐병원으로 실려 왔다. 파울이 자주, 그리고 당연히도 점점 더 짧은 간격으로, 자기 자신과 세계를 견딜 수 없어 하는 것처럼, 나 역시 종종 자신과 세계를 견딜 수가 없는데 그 간격이 점점 더 짧아지고 있었다. 파울이 정신병원에 입원해서야 그러는 것처럼, 나도 폐병원에 입원한 다음에야 비로소 정신을 차리고 안정을 되찾는다고 말할 수 있다. 그럴 때마다 정신병원 의사들이 파울을 황폐하게 만들었지만 궁극적으로는 매번 스스로의 에너지를 발휘한 덕분에 그가 두 발로 걸어나올 수 있었던 것처럼, 폐병원 의사들이 나를 황폐하게 만들었지만 궁극적으로 나도 스스로 에너지를 발휘한 덕분에 두 발로 걸어나올 수 있었다. 마침내는 정신병원이 그에게 지워지지 않는 영향을 미치고 말았듯이, 나 역시 폐병원으로부터 지워지지 않는 영향을 받았다고 말할 수밖에 없다. 삶의 기나긴 시기에 그를 가르친 것은 결국 정신질환자들이었고, 나를 가르친 것은 폐병 환자들이었다. 파울이 결국에는 정신질환자들 사이에서 성숙해졌듯이, 나는 폐병 환자들 사이에서 성숙해졌다. 정신질환자들 사이에서 성숙해지는 것은 폐병 환자들 사이에서 성숙해지는 것과 근본적으로 크게 다르지 않다. 정신질환자들은 파울에게 삶과 존재의 결정적인 면을 가르쳐 주었고, 폐병 환자들은 나에게 삶과 존재의 결정적인 면을 가르쳐 주었다. 즉 정신질환이 그를, 그리고 폐질환이 나를 가르친 것이다. 파울은 어느 날, 흔히 말하는 대로 자제력을 잃어버렸으므로 소위 정신병자가 되었고, 나 역시 어느 날 마찬가지로 자제력을 잃는 바람에 폐병 환

자가 되었다. 파울이 정신병자가 된 것은 어느 순간 갑자기 세계
의 모든 것에 대해서 맞서다가 그 결과 당연히 나동그라졌기 때문
이며, 나 역시 그와 마찬가지로 어느 날 갑자기 세계의 모든 것에
대해서 맞서다가 나동그라진 것이다. 그러므로 그가 미쳐 버린 것
은 내가 **폐병**에 걸린 것과 결국 똑같은 이유라고 할 수 있다. 하지
만 파울의 정신질환이 내 정신질환보다 더 심한 것은 사실 아니었
다. 지금 내가 앓는 정신질환이 최소한 예전에 파울이 앓던 수준
은 되기 때문이다. 적어도 파울이 앓던 수준이라고, 그렇게 사람
들이 말할 정도는 되기 때문이다. 단지 나는 내 광기에 더해서 추
가로 폐병을 앓았던 것 뿐이다. 파울과 나의 차이라면 오직 한 가
지, 파울은 자신의 광기에 스스로를 **온전히** 내맡긴 반면에 나는 압
도적인 내 광기에 나를 한 번도 온전히 맡기지 않았다는 것뿐이
다. 파울은 광기와 완전히 하나가 되었다. 그러나 나는 내 광기를
어떨 때는 적절히 이용하고 어떨 때는 장악해 버리곤 했다. 파울
은 단 한 번도 자신의 광기를 지배한 적이 없었다. 그러나 나는 항
상 내 광기를 지배했으며, 아마도 그런 까닭에 내 광기가 파울의
것보다 더욱 광적인 광기로 발전했으리라. 파울은 오직 광기 하나
만을 갖고 있었으며 그 광기로 인해 존재했지만, 나는 내 광기에
더해서 폐질환까지 덤으로 안고 있었고, 광기와 폐질환 그 둘을
똑같이 이용했다. 즉 두 가지 병 모두를 어느 날 이후부터 일생에
걸친 내 존재의 원천으로 삼아 버렸다. 파울이 수십 년 동안 정신
병자로 **살았듯이**, 나는 수십 년 동안 폐병 환자로 살았고, 파울이

수십 년 동안 정신병자 연기를 해 왔듯이, 나는 수십 년 동안 폐병 환자의 연기를 해 왔다. 그가 정신병을 자신의 목적을 이루는 데 이용했듯이, 나는 폐병을 내 목적을 이루는 데 이용했다. 다른 사람들이 어느 정도 규모가 있는 재산이나 어느 정도 위대한 예술을 얻고 싶어 하고 그것을 움켜쥐고 놓지 않으면서 일생 동안 최대한 온갖 수단을 동원하여 어떤 상황에서라도 철저하게 이용하면서 마침내는 자기 삶의 유일한 내용으로 만들려고 욕심 내듯이, 파울은 자신의 광기를 일생 동안 붙들고 놓지 않으면서 확실한 자신의 것으로 만들어 철저히 이용했고, 어떤 상황에서도 온갖 수단을 동원하여 자기 삶의 내용으로 삼아 버렸다. 나 또한 내 광기를, 그리고 내 폐병을 내것으로 삼아 마침내 거기에서 내 예술이란 것을 탄생시켰다. 그러나 파울이 마지막에 가서는 점점 더 무분별하게 광기를 다룬 것처럼, 나 또한 내 광기와 폐병을 점점 더 무분별하게 다루었다. 우리는 병에 대해서 점점 더 무분별해지면서 우리를 둘러싼 세계도 점점 더 무분별하게 대하게 되었고, 그리하여 나중에는 당연한 결과로, 우리를 둘러싼 세계가 거꾸로 우리를 점점 더 무분별하게 대하는 상황이 초래되었다. 우리는 점점 더 짧은 간격으로 각자의 시설, 즉 파울은 정신병원으로 그리고 나는 폐병원으로 실려 갔다. 대개는 서로 멀리 떨어진 병원에 따로따로 입원하는 것이 보통이었지만 천구백육십칠년 그해에는, 갑작스럽게 둘 다 같은 시기에 빌헬미네 산 병원에 입원을 했으므로 그곳 빌헬미네 산 병원에서 우리의 우정은 한층 깊어졌다. 만약 우리가 천구백육십칠년에 빌헬미네 산 병원에 입원하지 않았더라면 아마도 그렇게 우정이 깊어지지 않았을지도 모른다. 자발적인 것은 아니었지만 나는 오랜 세월 동안 우정이란 것을 아예 포기하고 살았는데 어느 날 불현듯 정말로 한 명의 친구를 갖게 되었고, 그 친구는 정신없이 복잡하고 어지러운 내 머릿속의 미친 상상들을 이해하고 심지어는 내 머릿속에서 미쳐 날뛰는 광적인 도발을 자신 안에 받아들일 줄 아는 친구였다. 그동안 내가 알고 지낸 주변 사람 그 누구도 그런 능력을 갖추지는 못했다. 아예 그러고자 하는 의지 자체가 없었기 때문이다. 내가 대화 중에 어떤 주제를 살짝 건드리기만 해도, 그것은 우리 각자가 머릿속에서 염두에 두고 있는 방향으로 저절로 발전하곤 했다. 그와 나의 최대 관심사이자 전문분야인 음악에서뿐만이 아니라 다른 모든 화제에서도 마찬가지였다. 나는 그와 같이 예리한 관찰력과 비상한 사고력을 갖춘 사람을 예전에는 한 번도 만나 본 적이 없다. 단지 파울은, 그의 재산을 그랬듯이 사고력마저도 끊임없이 창밖으로 집어던져 버리곤 했다. 그러나 창밖으로 던져진 재산이 아주 빠른 속도로 바닥나 버린 것에 반해 그의 사고력은 마르지 않는 샘과 같았다. 그는 사고력을 쉴 새 없이 창밖으로 내던졌다. 그러면 사고력은 (동시에) 쉴 새 없이 증폭되었다. 그가 사고력을 (머릿속의) 창밖으로 던지면 던질수록, 사고력은 더더욱 증가했다. 자꾸만 쉴 새 없이 정신적 능력을 (그들 머릿속의) 창밖으로 던져 버리는 동시에, 머릿속에서는 (그들 머릿속의) 창밖으로 정신적 능력을 던져 버린 것과 마찬가지의 속도로 정신적 능력이 증가하고 있는 것, 이것이 바로 처음에는 미쳤다가 나중에는 광증환자로 발전하는 사람들의 특징이다. 그들이 점점 더 많은 정신적 능력을 (그들 머릿속의) 창밖으로 집어던지는 동시에 그것은 그들의 머릿속에서 점점 더 늘어나고, 따라서 당연히 점점 더 위협적이 되고, 종국에 가면 그들이 정신적 능력을 (그들의 머리에서) 밖으로 집어던지는 속도가 머릿속 정신적 능력의 증가 속도를 따라잡을 수가 없게 되어, 머릿속에는 끊임없이 증가하는 정신적 능력이 꾸역꾸역 쌓이다 못해 마침내 머리가 터져 버리게 된다. 그렇게 해서 파울의 머리도 터져 버린 것이다. 정신적 능력을 (그의 머리에서) 밖으로 집어던지는 속도로는 더 이상 감당할 수 없는 지점에 이르렀기 때문이다. 그렇게 해서 니체의 머리도 터져 버린 것이다. 그렇게 해서 모든 광적인 철학자의 머리가 마침내는 터져 버린 것이다. 정신적 능력을 밖으로 집어던지는 속도로는 더 이상 감당할 수 없는 지점에 이르렀기 때문이다. 그들의 머리에서는 그들이 (그들 머릿속의) 창밖으로 집어던지는 속도보다 훨씬 더 빠르고 잔인한 속도로 그치지 않고, 그리고 실제로 쉼없이 정신적 능력이 생산되고 있으므로 어느 날 그들의 머리는 터져 버릴 수밖에 없고, 그래서 그들은 죽게 된다. 그렇게 해서 파울의 머리도 어느 날 터져 버렸고, 그래서 그는 죽었다. 우리는 서로 매우 닮았지만, 동시에 완전히 다른 존재였다. 예를 들어서 파울은 가난한 이들을 많이 생각했고, 그래서 그들 때문에 마음 아파했다. 나도 가난한 이들을 생각하긴 하지만, 그들 때문에 마음 아파하지는 않는다. 왜냐하면 나는 사고 메커니즘상 세상이 생겨날 때부터 있었던 그 고질적인 문제에 대해서 파울식으로 마음 아파할 능력을 아예 타고나지 못했으며, 지금도 여전히 그럴 능력이 없기 때문이다. 트라운 호숫가에 쪼그리고 앉아 있는 한 아이를 보는 순간 파울은 눈물을 흘렸다. 하지만 나는 그 아이의 어머니가 행인들의 눈물샘을 자극하고 양심의 가책을 불러일으켜서 지갑을 열게 하려는 역겨운 목적으로 교활하게도 그곳 트라운 호숫가에 자기 자식을 갖다 앉혀 놓았다는 걸 즉시 알아차릴 수 있었다. 파울과 달리 나는 욕심 많은 어머니에게 학대받는 아이와 그 아이의 불행한 삶만을 본 것이 아니라, 그 뒤편 덤불 뒤에 앉아 오직 돈만 생각하는 추악한 모습으로 지폐 다발을 세고 있던, 학대받는 아이의 극악무도한 어머니까지도 볼 수 있었다. 파울은 아이와 아이가 짊어진 재앙만을 보았을 뿐 그 뒤에 앉아 돈을 세는 어머니까지는 보지 못했다. 그는 심지어 소리 내어 훌쩍거리기까지 했고, 스스로의 존재 자체를 수치스러워하면서 아이에게 백 실링짜리 지폐를 건넸다. 내가 전체 상황을 꿰뚫어 본 반면에 파울은 단지 표면적인 상황인 아무 죄 없는 아이의 곤궁만을 보았을 뿐, 그 배경에 놓인 야비한 어머니, 그리고 자신의 선량한 마음이란 것이 얼마나 비열하게 오용되는지는 보지 못했다. 하지만 나는 그것을 보지 않을 수 없었다. 역겹고 뻔뻔스러운 상황 전체를 모두 꿰뚫어 본 내가 당연히 한 푼도 주지 않은 데 반해, 고통받는 아이라는 피상적인 현상에만 집중하여 아이에게 백 실링 지폐를 덥석 건넨 것은 내 친구 파울의 전형적인 특징이었다. 그리고 내가 목격한 광경에 대해서 침묵한 것, 덤불 뒤에서 야비하고 추악한 어머니가 지폐를 세고 있으며 아이는 어머니의 강요에 못 이겨 비참한 거지 연기를 하고 있는 거라고 굳이 설명하지 않음으로써 파울의 마음에 상처를 주지 않았던 일은 우리 둘 사이의 관계를 잘 드러내 준다. 나는 그가 상황을 피상적으로 보도록 내버려 두었으며, 훌쩍이면서 아이에게 백 실링 지폐를 건네는 것도 묵묵히 지켜보기만 했다. 그리고 나중에도 그때 사건의 전체적 실상을 일러 주는 행동은 하지 않았다. 그는 트라운 호숫가에 쪼그리고 앉아 있던 아이 이야기를 참으로 여러 번 했다. 가난하고 혈혈단신인 아이에게 (내가 보는 앞에서) 백 실링 지폐를 건넸던 이야기를 자주 말하곤 했지만 나는 한 번도 그날의 **전체적 실상**에 대해서 입을 열지는 않았다. 인간의(그리고 인류 전체의) 불행과 비참함에 관해서라면 파울은 항상 그날 트라운 호숫가에서처럼 사태의 표면만을 볼 줄 알았지 단 한 번도 나처럼 전체를 조망하는 법이 없었다. 내 생각에 그는 아마도 전체적인 실상을 보기를 거부했고, 그런 거부의 태도를 일생 내내 유지해 온 듯하다. 그런 비참한 상황과 마주칠 때마다 피상적인 관찰로 만족해 버린 이유는 스스로를 보호하기 위해서였으리라. 하지만 나는 단 한 번도 (그러한 상황에서) 피상적인 관찰로 만족한 적이 없는데 그 이유는 마찬가지로 나 스스로를 보호하기 위해서이다. 이점이 바로 우리의 차이이다. 파울은 생의 전반기 동안, 가난한 자들을 돕는다는(그로 인

39

하여 자기 자신에게도 도움이 되도록!) 믿음으로 수백만 실링의 돈을
창밖으로 집어던져 버렸다. 그런데 사실상의 진실은, 수백만 실링
을 비열함과 야비함의 아가리 속으로 집어던진 것이나 마찬가지
이다. 물론 그렇게 함으로써 당연히 자기 자신에게 도움이 되기는
했다. 그는 자기 수중에 한 푼도 남지 않을 때까지 그런 식으로 모
든 재산을 가난하고 비참해 보이는 이들에게 던져 주었다. 그리하
여 어느 날 전적으로 친척들의 자비에 의존하여 살아야만 하는 신
세로 전락하고 말았다. 하지만 친척들은 아주 짧은 동안만 그에게
자비심을 보였을 뿐, 곧 그에게서 자비를 거두어 가 버리고 말았
다. 그들에게 자비란 매우 낯선 개념이었기 때문이다. 그런데 파
울은 용서할 수 없게도 오스트리아에서 서너 번째로 부유한 집안
출신이었다. 그 집안이 가진 수백만의 재산은 왕정시대 동안 해마
다 저절로 몇 배씩 늘어나곤 했다. 그러다가 공화국이 공포되고
비트겐슈타인 집안의 재산 증식은 침체기를 맞았다. 파울은 이미
상당히 젊은 시기에 자신이 가진 모든 재산을 창밖으로 던져 버렸
다. 그렇게 하면 어느 정도는 가난을 퇴치할 수 있으리란 믿음 때
문이었다. 그래서 그는 생애 대부분을, 그의 삼촌인 루트비히 비
트겐슈타인처럼, 거의 한 푼도 없는 상태로 살아야만 했다. 루트
비히 비트겐슈타인도 더러운 수백만의 돈을 순수한 인민에게 뿌려
줌으로써 순수한 인민과 자기 자신을 구원할 수 있다고 믿었다. 파
울은 더러운 수백만의 돈을 순수한 인민에게 뿌려 주겠다는 그 목
적 하나만으로, 백 실링 지폐 다발을 가득 준비해서 거리로 나서

곤 했다. 하지만 이미 말했듯이 그는 자신의 돈을, 트라운 호숫가의 그 아이와 같은 그런 부류의 사람들에게만 모두 뿌려준 셈이다. 파울이 돈을 준 사람들은 모두 트라운 호숫가의 아이와 전혀 다를 바가 없었다. 그들을 돕고 또 스스로 만족할 수 있다는 명분 아래, 사실상 돈을 억지로 안겨 주는 그런 상황이었다. 그가 무일푼이 되고 나자 그의 가족들은 잠시 동안 그를 지원해 주었는데, 그건 일종의 도착적인 고결함 때문이었지 그들의 마음이 너그러워서는 결코 아니었고, 또한 가족이라서 당연하게 여겼던 것은 더더욱 아니었다. 그들은 그가 저지르는 일의 표면만을 본 것이 아니라, 끔찍한 전체 실상을 모두 보았기 때문이다. 백여 년 동안 비트겐슈타인 집안은 무기와 기계를 생산했고, 마지막에는 결국 루트비히와 파울이라는 인간을 만들어 내기에 이르렀다. 획기적이고 유명한 철학자와, 그리고 최소한 빈에서만큼은 삼촌만큼이나, 아니 그보다 더 유명한 미치광이를. 파울은 자신의 삼촌 루트비히만큼이나 철학적이었으며, 그리고 반대로 철학자 루트비히는 조카 파울만큼이나 미치광이였다. 루트비히는 그의 철학으로 유명해졌고 파울은 그의 광기로 유명해졌다. 둘 중에서 루트비히가 어쩌면 조금 더 철학적이었고, 파울이 어쩌면 조금 더 미치광이였기 때문이리라. 그러나 사실 우리는 비트겐슈타인 집안의 루트비히가 자신의 광기가 아닌 철학을 종이에 적어 놓았기 때문에 그가 철학자라고 믿는 것이며, 파울은 자신의 철학을 억누르기만 할 뿐 세상에 공개하지 않았고 오직 광기만을 내보였기 때문에 그가 미치광이라고 믿고 있는 것일지도 모른다. 그 둘은 모두 참으로 비상한 인물이었고 참으로 비상한 두뇌의 소유자였지만 한 명은 자신의 두뇌를 출판했고, 다른 한 명은 그러지 않았다. 심지어 나는 이렇게 말할 수도 있다. 한 명은 자신의 두뇌를 **출판**했고 다른 한 명은 자신의 두뇌를 **실천**했다고. 이미 출판되었고 지금도 계속해서 출판되고 있는 두뇌와 이미 실천되었고 계속해서 실천되고 있는 두뇌의 차이가 무엇인가? 그러나 만약 파울이 뭔가를 써서 출판했다면 그것은 루트비히의 것과는 아주 다른 종류의 글이 되었을 것이다. 마찬가지로 루트비히가 광기를 실천했다면 그것은 파울의 광기와는 아주 다른 종류가 되었을 것이다. 그것이 무엇이든 간에 비트겐슈타인이란 이름은 높은, 아니 최고의 수준을 보장했다. 미치광이로서 파울의 수준은 철학자로서 루트비히의 수준을 분명 따라잡았다. 우리가 철학을 철학이라 부르고 정신을 정신이라 부르며, 그런 어휘들이 지칭하는 것, 즉 도착된 역사 개념을 광기라고 부른다면, 그러면 한 명은 전적으로 철학과 정신의 역사에서 최고봉에 도달했고 다른 한 명은 전적으로 광기의 역사에서 최고봉에 도달한 것이다. 헤르만 병동에 있을 때 나는 내 친구로부터 겨우 이백 미터 정도 떨어져 있었던 것이지만, 실상은 그로부터 완전하게 격리된 것이나 마찬가지였다. 당시 나는 그를 본 지 몇 개월이나 되었기 때문에 그와 재회하기를 간절하게 고대하고 있었다. 그를 만나지 못하는 동안 나는 참으로 파울의 머리가 그리웠다. 그동안 수백 개의 다른 머리에 둘러싸여 있으면서 유감스럽게도 오직 앙상하고 황폐하기만 한 그 머리들 때문에 질식할 만큼 괴로웠기 때문이다. 솔직하게 얘기하자면 대부분의 경우 우리가 흔하게 마주치는 머리들을 상대하는 것은 다 자란 감자 알갱이들과 대화하는 것처럼 지루할 뿐이다. 다들 비슷비슷하게 흉한 옷을 차려입고 징징대기만 하는 육체 위에 척 올라앉은 그런 머리들은 남루하지만 유감스럽게도 전혀 동정의 여지가 없는 삶이나 간신히 이어 나갈 줄 안다. 하지만 언젠가는 파울을 만나게 될 거라고 나는 생각했다. 그리고 그와 나누고 싶은 말들을 미리 간략하게 메모해 놓기도 했다. 수개월 동안 내가 그 누구와도 나눌 수 없었던 그런 내용에 관하여. 파울을 만나지 못하면 그 기간 동안 나는 음악에 관해서 그 어떤 대화도 나눌 수가 없고, 철학에 관해서, 정치에 관해서, 그리고 수학에 관해서도 마찬가지였다. 내 안에서 그것들이 빈사 상태에 빠졌다는 느낌이 들면, 그래서 예를 들어서 음악적 사고를 다시 회복하고 싶다면 나는 그냥 파울을 찾기만 하면 되었다. 불쌍한 내 친구는 아마도 정신질환자용 수감복을 걸친 채 병실에 갇혀서 그런 상태로 오페라를 보러 가고 싶어 안달하고 있을 거라고 나는 생각했다. 그는 빈에서 두 번 다시 찾아보기 힘든 열광적인 오페라 관객이었고 그 사실은 알 만한 사람들은 모두 다 알고 있었다. 그는 너무도 지독한 오페라광이어서 돈 한 푼 없는 신세로 전락해 버린 후 마침내 도저히 피할 수 없는 당연한 결과로서 인생의 온갖 쓴맛을 모두 겪은 다음에조차도 오페라 관람을 포기하지는 않았다. 입석표를 구해서라도 오페라를 보러 갔다.

죽을 만큼 아픈 환자인 그가 여섯 시간 동안이나 서서 트리스탄 공연을 끝까지 보았고, 오페라가 끝난 다음에는 링 가도의 오페라하우스 역사상 과거에도 없었고 앞으로도 없을 만큼 크고 요란하게 브라보를 외치거나 야유의 휘파람을 불어댔다. 오페라가 개봉하자마자 흥행의 분위기를 좌우해 버리는 그는 두려움의 대상이었다. 다른 사람들보다 몇 초 앞서서 그가 열광적인 감동의 반응을 보이면 전체 오페라가 흥분의 도가니에 빠져들었고, 반대로 그가 첫 번째 휘파람을 불어대면, 이유인즉 그가 그것을 원했기 때문에, 바로 그 순간 그가 그러고 싶었기 때문에, 가장 돈을 많이 들인 대규모의 공연이 실패로 끝나기도 했다. 그는 언젠가 나에게 말했다. 나는 어떤 오페라라도 성공작으로 만들 수 있어. 내가 원하기만 하면, 그리고 그럴 만한 조건이 갖추어져 있기만 하면 말이지. 그런데 그 조건이란 건 원래 항상 갖추어져 있거든. 마찬가지로 나는 어떤 오페라라도 완전히 실패하게 만들 수 있어. 그럴 만한 조건이 갖추어져 있기만 하면 말이지. 그런데 그 조건이란 건 원래 항상 갖추어져 있거든. 그건 곧, 최초로 브라보를 외치거나 최초로 휘파람을 불어대는 관객이 바로 나이기만 하면 되는 거야. 빈 사람들은 수십 년 동안 그들의 오페라를 성공으로 이끈 장본인이 바로 파울이라는 사실, 그리고 링 가도 오페라하우스를 몰락시킨 장본인도 파울이라는 사실을 전혀 눈치채지 못했다. 그가 그것을 원하기만 하면 오페라는 더없이 급격하게, 더없이 철저하게 박살이 나고 말았다. 하지만 그가 어떤 오페라를 마음에 들어 하고 어떤 오페라를 싫어하는지는 객관성과는 전혀 관련이 없었다. 단지 그날그날 그의 기분에 따라서, 변덕에 따라서, 그리고 그의 광기에 따라서 결정되는 문제였다. 그가 참으로 싫어했던 많은 지휘자들이 빈 공연에서 그의 덫에 걸리고 말았다. 그는 사정없이 휘파람을 불어댔고, 실제로 입가에 거품이 일 정도로 사납게 소리를 질러대서 그들을 쫓아 버렸다. 단 한 사람, 카라얀만이 예외였다. 파울은 카라얀을 증오했지만, 카라얀의 연주회를 망치는 데는 실패했다. 위대한 천재 카라얀은 파울이 아무리 요란을 피워도 전혀 끄떡하지 않았던 것이다. 나는 수십 년간이나 카라얀을 지켜보면서 관찰해 왔다. 나에게 그는, 내가 **사랑한** 슈리히트와 더불어 이 세기의 가장 중요한 지휘자이다. 나는 어린 시절부터 카라얀의 음악을 듣는 **경험을 하였고**, 오랫동안 그를 숭배하고 있었다. 그를 높이 평가했으며, 카라얀과 함께 한 번이라도 공연을 했던 음악가들을 모두 높이 평가했다. 파울은 자신의 모든 능력을 동원하여 카라얀을 증오했으며 나중에는 그 증오가 언어 습관으로 완전히 굳어지는 바람에 카라얀을 별 이유도 없이 그냥 사기꾼이라고 지칭하기에 이르렀다. 반면에 나는 수십 년에 걸쳐 직접 관찰한 결과 카라얀을 세계 최고의 음악가라고 보았다. 명성이 높아지면 질수록 카라얀은 더더욱 훌륭한 기량을 보였다. 하지만 내 친구는, 카라얀을 둘러싼 전체 음악계와 마찬가지로, 이 사실을 결코 인정하려 들지 않았다. 어린 시절부터 나는 잘츠부르크나 빈에서 열리는 그의 연주회와 오페라의 시연을 거의 모두 관람하면서 카라얀의 천재성이 성숙하고 완벽해지는 과정을 두 눈으로 직접 지켜보았다. 내가 생애 처음으로 관람한 연주회는 카라얀의 지휘였으며 내가 처음으로 본 오페라도 카라얀 지휘였다. 그것은 내 음악적 발전을 위해서는 참으로 바람직한 시작이었다고 말할 수 있겠다. 그러므로 처음부터 카라얀이란 이름만 나오면, 나와 파울 사이에는 자연히 격한 논쟁이 불붙게 되었다. 파울이 죽을 때까지 우리는 기회만 있으면 카라얀을 가지고 다투기를 멈추지 않았다. 그러나 나는 카라얀의 천재성에 관해서 파울을 끝내 설득시키지 못했고, 마찬가지로 파울도 카라얀이 사기꾼이라는 믿음을 나에게 증명하지 못했다. 죽을 때까지 파울에게 오페라는 소위 세계의 절정이었는데, 그 사실은 그의 철학적 체계를 전혀 저해하지 않았다. 그러나 당시 나에게 오페라는 아주 젊은 시절에나 잠시 열정의 대상이었을 뿐, 이미 오래 전에 뒷전으로 밀려난 한물간 장르였다. 여전히 사랑하기는 하지만, 그래도 몇 년 동안 안 본다고 해서 크게 문제될 것도 없는 그런 예술이었다. 파울은 아직 돈이 남아 있고 시간도 있던 시기에, 전 세계를 돌며 각국의 오페라 무대를 관람했다. 하지만 항상 마지막에는 빈의 오페라 공연이 그중 최고라면서 외치곤 했다. 메트로폴리탄은 아무것도 아니야. 코번트 가든도 별 볼일 없어. 라스칼라 극장 따위가 뭐라고. 빈 오페라에 비하면 전부 허접한 수준이라는 거였다. 그는 또 말했다. 하지만 빈 오페라도 정말로 훌륭한 공연은 일 년에 단 한 번뿐이야. 일 년에 단 한 번, 하지만 그래도 그게 어딘가. 그는 전 세계의 유명한 오페라하우스를 하나

하나 둘러보겠다는 오직 그 목적 하나만으로 삼 년에 걸친 정신 나간 여행을 감행할 수 있는 인물이었다. 그리하여 세계적인 명성을 가진, 진정 뛰어난 지휘자들을 거의 모두 알게 되었으며 그 지휘자들이 아첨하면서 섬기던, 그리고 야단치면서 교육을 시키던 오페라 가수들도 알게 되었다. 사실 그의 머리는 이미 오페라의 머리였다. 그리고 점점 더 빠르게, 생의 마지막 시기에는 엄청난 속도로 섬뜩함을 향해 달려가던 그의 삶도 오페라가 되어 버렸다. 물론 당연하게도 그것은 위대한 오페라였으며 그에 걸맞게 비극적 종말을 향해 치닫고 있었다. 당시 그의 오페라는 슈타인호프에서, 그리고 얼마 안 가서 내 눈으로 직접 확인한 바이지만 슈타인호프에서도 가장 황폐하고 낙후된 루트비히 병동을 무대로 펼쳐지는 참이었다. 그곳에서 남작님은—그곳 사람들이 내 친구를 그렇게 호칭했다—그의 하얀색 연미복을 다시 정신질환자용 수감복으로 갈아입은 것이다. 재단사 크니체가 만든 그 연미복은 파울이 죽기 전 몇 년 동안 내 눈을 피해서 에덴바라는 곳을 집중적으로 빈번하게 드나들 때 늘 걸치던 옷이다. 지금 남작님은 예나 지금이나 그와 친교를 맺고 있는 수많은 친구들, 귀족이거나 귀족이 아니면서 부유하거나 엄청난 부호인 친구들이 간혹 그를 초대하는 자허 호텔과 임페리얼 호텔의 만찬 테이블이 아닌 루트비히 병동 대리석 탁자 위의 양철 냄비를 마주하고 앉아 있었으며, 우아한 영국제 양말과 마글리, 로셀리 혹은 얀코 제화점의 구두 대신에 루트비히 병동의 규정에 맞게 거칠게 짠 흰색 털양말과 모양 없는 펠트 실내화를 신고 있었다. 그리고 그는 이미 전기충격 요법까지도 받은 다음이었다. 슈타인호프에서 퇴원한 다음 그는 냉소나 조롱기 없이 담담하게, 사실 그대로를 내게 설명해 주었다. 전기충격 요법이란 것이 얼마나 잔인하고 야비하고 처참한지, 얼마나 비인간적인 행위인지를. 그는 툭하면 슈타인호프 병원으로 실려 갔다. 주변 사람들이 그에게서 뭔가 무서움을 느낄 때마다, 그가 어느 날 갑자기 모두 죽여 버리겠다고 위협을 하거나 자기 형제들에게 쏘아 죽이겠다고, 목졸라 죽여 버리겠다고 말할 때마다. 그리고 나서는 의사들의 과대망상적 의학요법에 의해 철저히 망가진 다음에야, 그의 내부에 거의 아무런 활기도 남아 있지 않게 되어서야, 목소리를 높이기는 고사하고 머리조차도 들 기력이 없어진 다음에야 병원에서 풀려날 수 있었다. 그러면 그는 트라운 호수로 갔다. 그곳 숲에는 오늘까지도 그의 가족의 소유지가 숲과 숲 사이에 드문드문 흩어져 있다. 그림처럼 아름다운 호수의 곶, 계곡의 기슭, 언덕과 산꼭대기에 서 있는 빌라와 농가주택, 저택과 부속 건물들은 비트겐슈타인 가문 사람들이 부유함 때문에 어쩔 수 없이 치러야 하는 불쾌하고 번잡한 삶에 지칠 때 휴식처의 역할을 해 주는 곳이다. 그 당시 그의 주거지는 루트비히 병동이었다. 갑자기 나는 내 쪽에서 먼저, 즉 헤르만 병동에서 루트비히 병동으로 연락을 취하는 것이 과연 현명한 일일지 망설이는 마음이 들었다. 그것이 우리 둘에게 이익보다는 도리어 해가 되지나 않을까 하는 우려 때문이었다. 당장 파울의 상태가 어떤지 전혀 알 수 없으므로, 어쩌면 그의 상태가 나에게 해로운 영향을 미칠 가능성도 배제할 수 없었다. 그러니 당장은 헤르만 병동에서 루트비히 병동으로 아무런 소식을 전하지 않는 편이 낫다는 생각이 들었다. 또 반대로 내가 루트비히 병동에 갑자기 나타나면 내 친구는 깜짝 놀랄 테고, 어쩌면 그로 인해 치명적인 충격을 받을 수도 있을 것이다. 그런 생각을 하자 갑자기 나는 우리의 만남이 두려워지고 말았다. 그래서 처음에는 우리 둘의 친구인 이리나에게 의견을 물어보려고 했다. 헤르만 병동에서 루트비히 병동으로 접촉을 시도하는 것이 과연 현명한 일일지 말이다. 하지만 곧 그 생각도 포기해 버렸다. 우리를 위해서 어떤 결정을 내리든지 그로 인해서 이리나가 곤란해지는 것을 원하지 않았기 때문이다. 게다가 당분간은 루트비히 병동으로 건너가려고 해도 그럴 기운이 없었으므로, 나는 루트비히 병동을 찾아가겠다는 계획을 아예 머리에서 지워 버렸다. 당장은 그런 생각을 갖는 것 자체가 너무 부조리하다는 느낌이 들었기 때문이다. 또한 어느 날 갑자기, 아무런 예고도 없이 파울이 이곳에 나타날지도 모르는 일이다. 충분히 그럴 가능성이 있다는 생각이 들었다. 우리의 수다스러운 여자친구가 그에게 내가 여기 헤르만 병동에 있다는 사실을 말해 버렸으니까. 사실 나는 그것이 두려웠다. 그가 여기 헤르만 병동에 정말로 난데없이 나타날 것이, 그 어느 곳보다도 규율이 엄격하고 실제로 죽음의 대기실이나 마찬가지인 이곳에 미치광이의 차림으로, 미치광이의 실내화를 신고 미치광이의 셔츠에 미치광이 겉옷에 미치광이 바지를 입고 불쑥 나타날 것이 참으로 두려웠다. 나는 그것이 겁이 났다. 만약 그가 그런 상태로 이곳에 나타난다면 그를 어떻게 맞아야 할지, 그를 어떻게 감당해야 할지 모른 채 당황하고 말 것이다. 내가 그곳으로 가는 것보다는 그가 이곳으로 오는 편이 더 간단할 거라고 나는 생각했다. 조금이라도 몸을 움직일 정도만 된다면 그는 가장 먼저 여기 나타날 사람이다. 하지만 그러한 방문은 어떤 경우라도 파국으로 끝날 것이라고 나는 생각했다. 이런 생각을 떨쳐 버리고 뭔가 다른 것을 떠올리려고 애썼지만 물론 헛수고였다. 파울이 나를 찾아온다는 생각은 이제 악몽처럼 느껴졌다. 매 순간마다 병실의 문이 불쑥 열리면서 파울이 안으로 들어설 것만 같았다. 미치광이 복장을 하고서 말이다. 그리고 머릿속으로는, 그를 발견한 병원 경비들이 그에게 정신질환자용 구속복을 강제로 입힌 다음 몽둥이질을 하면서 슈타인호프로 쫓아 버리는 광경이 떠올랐다. 그 끔찍하고 비참한 광경이 머릿속에서 사라지지 않았다. 그는 무모한 인간이 아닌가. 그러니 실수인 줄은 깨닫지도 못하고 철책 아래를 기어서 헤르만 병동으로 넘어올 것이다. 그리고 병실로 뛰어 들어와 침대 위에 누운 나를 와락 껴안아 버리고 말겠지. 그의 병세가 소위 비관적 상태에 놓여 있을 때, 그는 사람에게 다짜고짜 덤벼들어 안긴 사람이 당장 숨이 막혀 죽어 버릴 지경에 이르도록 힘껏 껴안곤 했다. 그리고 안긴 사람의 가슴팍에 얼굴을 묻고 큰 소리로 엉엉 울음을 터트리기도 했다. 나는 그가 느닷없이 병실로 뛰어들어 와 나를 무작정 힘껏 껴안고 내 가슴에서 울음을 터트릴까 봐 정말로 두려웠다. 나는 그를 사랑했지만 그에게 안기고 싶지는 않았다. 또한 쉰아홉 혹은 예순 살이나 나이를 먹은 그가 나에게 매달려 엉엉 우는 것은 더더욱 싫었다. 그런 상황에서 그는 전신을 부들부들 떨었고, 알아들을 수 없는 말을 웅얼거리는 입가에는 거품이 흘렀다. 마침내는 안긴 사람이 더 이상은 견딜 수 없는 지경에 이르러 강제로 떼어 놓을 때까지 그는 그런 채로 매달려 있는 것이다. 나 또한 몇 번이나 그런 그를 억지로 밀쳐 버려야만 했다. 물론 그러고 싶지는 않았지만 달리 도리가 없었던 것이다. 안 그랬다면 그는 나를 눌러 죽였을 것이다. 최근 몇 년간은 사람을 갑자기 껴안는 발작 증세가 더더욱 심해져서 극도의 인내심이 있어야만 그것을 견뎌 낼 수 있었고 또 그를 떼어 내기 위해서는 거의 초인적인 힘이 필요할 정도였다. 그런 증세를 보면 이미 한참 전부터 그의 병이 깊고도 치명적인 수준이었던 것이 분명하다. 그렇게 빈번하게 발작을 일으키다가 언젠가 숨이 완전히 넘어가 버리는 것은 이제 단지 시간 문제였다. 자네는 내 유일한 친구야, 내 유일한 사람, 내게 남은 가장 유일하고도 유일한 것이지, 하고 그는 자신이 껴안은 사람에게 더듬거리며 말하곤 했고, 안긴 사람은 어떻게 해야 이 가엾은 병자의 경련을 멈추고 진정시킬 수 있을지 방법을 몰라 당황하곤 했다. 나는 이런 포옹이 두려웠고 파울이 느닷없이 병실 문을 열고 뛰어들 것이 두려웠다. 하지만 그는 오지 않았다. 나는 매일, 매 시간 그가 들이닥칠 것이 두려워 떨었다. 하지만 그는 들이닥치지 않았다. 이

리나로부터 그가 루트비히 병동 간이침대에 죽은 듯이 누워 모든
음식을 거부하고 있다는 소식을 전해 들었다. 그래서 기력이란 기
력은 하나도 남아 있지 않고, 그를 피폐한 상태로 몰고 간 장본인
인 의사들조차 이제는 그를 가만히 내버려 둔다는 것이었다. 마침
내 그가 뼈와 가죽만 남아 살아 있는 해골의 몰골로 변하고 제 힘
으로 오래 일어서 있을 수 없을 지경이 되어서야 의사들은 그를
퇴원시켰다. 그러면 그는 형제 중 한 명의 자동차를 타고, 혹은 어
떤 형제의 도움도 없이 그냥 택시를 타고 트라운 호수로 가서 며
칠 혹은 몇 주 동안 비트겐슈타인 가의 한 저택에 틀어박혀 지냈
다. 그곳에서 그는 죽을 때까지 얼마든지 거주할 자격이 있었고,
그것은 계약서에 명시된 그의 권리였다. 그곳은 알트뮌스터와 트
라운키르헨 사이의 고지 골짜기에 있는 이백 년 된 농가로, 평생
몸 바쳐 비트겐슈타인 집안을 섬겨 온 충직스런 늙은 하녀가 시골
로 휴가를 오는 비트겐슈타인 가족들이 먹을 만큼의 소규모 농사
를 지으면서 돌보고 있었다. 파울이 이곳에 머물 때 그의 아내 에
디트는 빈에 남아 있었다. 파울은 주변에 아무도 없을 때만이 진정
으로 회복이 가능하다는 것을, 그녀는 잘 알고 있었기 때문이다.
항상 그의 가장 가까운 사람이었으며 그가 죽는 순간까지 사랑했
던 여인 에디트조차도 없을 때만 그는 회복될 수가 있었다. 트라
운 호수에 머물 때 그는 자주 나를 찾아왔다. 도착한 직후에는 당
연히 오지 못했지만 시간이 좀 흘러 다시금 다른 사람들과 어울릴
용기가 생기거나 놀라서 마냥 쳐다보는 사람들의 눈길을 두려워

하지 않을 정도가 되면, 그리고 다시금 대화를 나누고 싶어지면, 즉 철학적 사색을 교환하고 싶어지면 말이다. 그럴 때면 그는 나탈에 나타났다. 날씨가 좋으면 안으로 들어오지 않고 일단 마당에 홀로 앉아 눈을 지그시 감고서, 내가 이층에서 틀어 놓는 레코드 소리에 귀를 기울였다. 이층 창문을 모두 활짝 열어 두기 때문에 마당에서도 음악을 아주 훌륭하게 감상할 수 있었다. 모차르트를 한 곡 부탁해. 슈트라우스를 한 곡 부탁해. 베토벤을 한 곡 부탁해, 하고 그는 말하곤 했다. 그의 기분을 적절하게 바꿔 놓으려면 누구의 곡을 들어야 할지, 나는 알고 있었다. 그렇게 우리는 몇 시간이고 말 한마디도 나누는 법 없이, 모차르트를 들었고, 베토벤을 들었다. 우리는 그런 것을 사랑했다. 그러다가 내가 준비한 조촐한 저녁 식사를 함께 하면서 그런 하루를 마무리지었다. 그리고 저녁이 되면 나는 차로 그를 집에 데려다 주었다. 그와 함께 나누었던 말 없는 음악의 저녁을 나는 잊지 못하리라. 그가 다시, 그 자신의 표현대로라면, 정상으로 되돌아오는 데는 약 이 주일이 걸렸다. 그는 시골 생활에 진력이 나서 빈으로 돌아가고 싶어 좀이 쑤실 때까지 그곳에 머물렀다. 그리고 빈으로 돌아와서 넉 달 혹은 다섯 달이 지나면 다시 그의 질병의 징후가 나타나고, 그런 식으로 이 모든 과정이 반복되었다. 우리가 서로를 친구로 받아들인 처음 몇 년 동안 그는 거의 쉬지 않고 계속해서 술을 마셔댔고, 당연히 병세는 빠르게 악화되었다. 그러다가 그가 아무런 주저 없이 술을 단번에 끊어 버리자, 처음에는 병세가 무서우리만큼 나빠졌지만 곧 아주 빠르게 호전되었다. 이후로 그는 전혀 술을 입에 대지 않았다. 그처럼 술을 즐겨 마신 사람은 없을 것이다. 자허 호텔에서 오전에 샴페인을 몇 병씩 마시는 것 정도는 그에게는 우스운 일상에 불과했으므로 굳이 언급할 필요도 없다. 바이부르크가세에 있는 작은 주점 오베나우에서 하루 저녁에 백포도주를 몇 리터씩 들이킨 적도 있었다. 당연히 나쁜 결과가 따랐다. 내 생각에 그는 술을 끊은 후 오륙 년을 더 살았던 듯하다. 술을 끊지 않았더라면 그보다 삼사 년은 더 일찍 죽었으리라. 만약 그랬다면 말할 수 없이 애석한 일인데, 왜냐하면 죽기 몇 해 전부터 그는 비로소 진정한 철학자로 다시 태어났기 때문이다. 이전에는 단지 철학적인 사색을 즐기는 인간이었을 뿐이다. 물론 그는 내가 일생 동안 만난 사람들 가운데서 가장 훌륭하게 즐길 줄 아는 사람이었고, 그 점 때문에 참으로 사랑스럽기도 했지만 말이다. 헤르만 병동에서, 그리고 궁극적으로 눈앞에 다가온 **죽음의 공포** 가운데서, 나는 비로소 내 친구 파울과의 우정이 얼마나 소중한지를 처절하게 깨달았다. 보통 짧게 끝나고 말았던 다른 친구들과의 교제와는 달리 유일하게 긴 세월을 유지해 온, 내 삶에서 다른 무엇과도 비교할 수 없는 진실로 가장 귀한 우정이며 그 어떤 일이 닥쳐도 결코 포기하고 싶지 않은 유일한 관계라는 사실을 분명히 의식할 수 있었다. 그러자 불현듯 내게 가장 소중하며 가까운 존재가 된 한 인간에 대한 걱정 때문에 나는 공포에 휩싸이고 말았다. 그를 잃을지도 모른다는 공포였다. 그럴 만한 가능성은 두 가지였다. 하나는 내 **죽음으**

로 인하여, 그리고 다른 하나는 그의 죽음으로 인하여. 헤르만 병동에서 몇 주일, 몇 달을 입원해 있는 동안 나는 마침내 죽음이 아주 가까이 있음을 깊이 실감할 수 있었고, 루트비히 병동에 있는 그 또한 마찬가지의 상황이었기 때문이다. 그러자 나는 그가 몹시도 그리워졌다. 그는 내가 내 방식으로 마음 편하게 대할 수 있으며 어떤 하나의 주제를 잡으면 아무리 어려운 것이라 해도 자유롭게 대화를 발전시킬 수 있는 유일한 동성 친구였다. 얼마나 오랫동안 나는 그러한 대화를, 그가 가진 청취 능력을, 설명하면서 동시에 **수용할 수 있는** 능력을 그리워했는지 모른다. 우리가 베베른과 쇤베르크, 그리고 사티에 대해서, **트리스탄**, 마술피리, 돈 조반니, 그리고 **후궁으로부터의 유괴**에 대해서 이야기를 나눈 것이 얼마나 오래전인지 참으로 아득하게 느껴졌다. 그가 나탈의 마당에 앉아 내가 틀어 주는 슈리히트 지휘의 라인 교향곡을 듣던 그때로부터 얼마나 많은 시간이 흘렀는가. 이곳 헤르만 병동에서 나는 비로소 깨달았다. 내가 무엇을 필요로 하는지, 다시 병에 걸리는 바람에 내가 무엇을 상실해 버렸는지, 살고 싶다면 궁극적으로 무엇을 놓쳐서는 안 되는지를. 내게는 친구들이 있다. 그들은 정말 좋은 친구들이지만, 독창성이나 감수성에서 파울과 비교할 수 있는 친구는 하나도 없다고 생각했다. 그 순간 이후로 나는, 불행을 겪고 있는 내 친구이자 정신의 파트너에게 최대한 빨리 개인적인 연락을 취하기 위해 갖은 수단을 다 동원했다. 우리가 다시 건강을 회복하여 **바깥**에서 만날 수 있다면, 바움가르트너회에에 입원해 있는 동안 놓친 모든 것을 만회하리라고 나는 스스로에게 다짐했다. 내 머리를 다시금 평상시의 상태로 돌려놓기 위해서는 엄청난 작업이 필요했다. 끝없이 많은 주제가 내 머릿속에서 그득그득 쌓이면서 대화 상대를 간절하게 바라고 있었다. 하지만 그 상대는 아마도, 며칠 전 우리의 친구 이리나가 와서 전해 주고 간 대로, 여전히 정신질환자용 수감복 차림으로 간이 침대에 누워 모든 음식을 거부하면서, 다른 환자 스물네 명과 함께 사용하는 병실의 천장만 하루 종일 뚫어져라 쳐다보고 있을지도 모른다. 최대한 빨리 그에게 가 보아야 할 것 같았다. 그때 몇 주 동안 폭염이 지속되었고, 다른 누구보다도 이머폴 씨가 더위 때문에 몹시 괴로워했다. 그는 17-4 카드놀이를 할 수 없었을 뿐 아니라 어느 날인가부터는 혼자서 자리에서 일어서지도 못했다. 그의 얼굴은 갑작스럽게 푹 꺼져 버렸으며 코만 엄청나게 커 보였고, 튀어나온 광대뼈 때문에 인상이 섬뜩할 정도로 기괴해졌다. 피부마저도 투명한 회색으로 변했다. 그는 대부분의 시간을 아무것도 걸치지 않은 채, 나중에는 살점이라곤 하나도 붙어 있지 않은 앙상한 두 다리를 쫙 벌린 자세로 남의 눈은 전혀 아랑곳하지 않고 침대에 널브러져서 보냈다. 오줌병을 스스로 가져다 쓸 힘도 없었다. 그런데도 참으로 빈번하게 소변을 보아야만 했고 간호사들은 당연히 하루 종일 우리 병실에만 붙어 있을 수가 없었으므로 내가 그에게 오줌병을 가져다 주었다. 하지만 그는 이미 병에다 소변을 정확히 누는 것조차도 불가능했으며 늘 주변에 흘려 버리곤 했다. 그는 거의 항상 입을 벌리고 있었는데, 입에서는 누르스름한 녹색 액체가 흘러나와서 정오 무렵이면 늘 베개가 누렇게 변색되어 있었다. 그리고 어느 날 갑자기 그는 내가 익히 잘 알고 있는 그 냄새를 풍기기 시작했다. 죽어 가는 사람의 몸에서 나는 시취였다. 이 시기 우리 병실의 신학도는 이머폴 씨 쪽이 아니라 주로 내 쪽으로 몸을 돌리고 누워 있었다. 그는 항상 신학 책만을 읽었고, 내가 알기로는 다른 종류의 책은 전혀 읽지 않았다. 그린칭에 사는 그의 부모들은 병문안을 오면 늘 그의 침대 옆에 앉아서 처음부터 끝까지 항상 똑같은 말, 즉 그는 그들이 가진 세상 유일의 것이며 전부이다, 그러므로 결코 그들을 떠나거나 해서는 안 된다는 암시의 말만 늘어놓곤 했다. 그러나 내 느낌으로는 신학도가 죽음을 눈앞에 두고 있는 것 같지는 않았다. 어느 날 밤, 사람들이 와서 이머폴 씨를 침대째 복도로 실어 내갔다. 나는 자느라고 그가 죽는 것도 몰랐는데, 다음 날 이른 아침 체중 검사를 받기 위해 체온 기록 카드를 들고 외래진료소로 갈 때 보니, 이미 그의 침대에는 깨끗한 새 시트가 덮여 있었다. 나 자신도 보름달처럼 둥근 얼굴과 뚱뚱하게 부어오른 배를 제외하면 전신이 뼈만 남은 것처럼 앙상하게 마른 점은 다를 바가 없었다. 내 배는 무감각한 공처럼 무섭게 부풀어서 내 눈에는 마치 금방이라도 빵 터져 버릴 듯이 위태롭게만 보였으며 배의 살갗에는 몇 개나 되는 누관이 생겨났다. 옆자리 신학도가 듣는 라디오에서 몬차의 자동차 경주 소식이 들려왔을 때, 내 친구 파울이 음악을 제외하고는 단 한 가지 오직 자동차 경주

57

에 지독한 열정을 품었다는 사실이 생각났다. 파울 자신도 청년 시절에는 직접 자동차 경주 선수로 출전한 적이 있었으며, 그와 가장 친한 친구들 중에는 그 분야의 세계 챔피언들도 적지 않았다. 그런 스포츠를 아둔하고 단조롭게 여기는 나는 파울의 취향이 결코 마음에 들지 않았다. 하지만 그것이 바로 파울이었다. 거의 모든 가능성에 대해서 열려 있는 사람. 그는 베토벤의 현악 사중주에 관해서 내가 보기에는 가장 탁월한 비평을 할 줄 아는 사람이며, 하프너 교향곡에 대해서 나에게 속 시원한 분석과 설명을 해 준 유일한 사람, 그리하여 교향곡을 수학적인 기적의 산물로 만들어 버린 사람이었다. 그 이후로 나는 하프너 교향곡을 줄곧 일종의 기적으로 느꼈다. 그런 사람이 열성적인 자동차 경주광이었다니, 미친 듯이 질주하는 스포츠카가 살인적인 급커브를 돌면서 일으키는 무서운 소음이 그의 귀에 마치 음악처럼 들렸다니, 도저히 믿을 수가 없었다. 비트겐슈타인 집안 사람들은 전부 자동차 경주광이었고 그 점은 지금도 여전하다. 그들은 해마다 여름이면 그들의 별장이 있는 트라운 호숫가에 유명 자동차 경주 선수들을 초대하곤 했다. 지금 기억이 나는데 심지어 나도 유쾌한 두 남자 재키 스튜어트와 그레이엄 힐, 그리고 얼마 뒤에 몬차에서 사고를 당하는 바람에 죽은 요헨 린트 등과 트라운 호수 언덕에 있는 파울의 집에서, 물론 파울의 요청 때문에, 몇 번의 저녁 모임에서 함께 어울린 적이 있었다. 그런데 그가 예순 살이 넘은 어느 날, 이제 나이가 들다 보니 생각이 예전과는 좀 달라졌다고 나에게 털어놓은 적이 있기는 하다. 내가 그에게 항상 말해 오던 대로 자동차 경주란 정말로 아둔하고 단조로운 짓이 맞는 것 같다고. 하지만 그래도 포르멜 1(Formel-1)만은 그에게 여전히 큰 의미가 있었으므로, 그와 함께 있을 때 그가 자동차 경주 이야기를 꺼내지 않는 경우란 거의 없었다. 그는 어떻게 해서든 자동차 경주를 화제로 삼을 기회를 찾아내곤 했다. 그리고 한 번 그것을 화제로 삼은 다음에는 절대 스스로 그만두는 법이 없었다. 그러면 상대방은, 순식간에 그를 완전히 장악해 버리는 이 화제, 평생 동안 잔인한 광기로 그를 사로잡고 있는 자동차 경주라는 것을 어떻게 하면 그의 머리에서 다시금 사라지게 할 수 있을까 하는 깊은 생각에 잠길 수밖에 없었다. 실제로 그가 미친 듯이 사로잡혀 있는 두 개의 커다란 열정인 음악과 자동차 경주는 동시에 그의 두 가지 주된 질병이기도 했다. 생의 전반기에 그는 자동차 경주에 미쳤었고, 후반기에는 음악에 미쳤다. 또한 그는 요트 경기에도 그만큼 미쳐 있었다. 하지만 그가 실제로 스포츠에 모든 열정을 다 쏟아부을 수 있었던 그 시기는 어디로 사라졌는가? 내가 그와 처음 가까워질 무렵 자동차 경주에 대한 그의 열정은 이론적인 차원에만 머물러 있었다. 그는 이미 한참 전부터 실제 자동차 경주에는 나가지 않았으며 요트도 그만둔 지 오래였다. 더 이상 그럴 만한 돈이 없었고 친척들은 그를 충분히 도와주지 않았다. 그러다 마침내 친척들은 몇 년이나 우울증을 앓고 있던 그를 쇼텐링에 있는 보험 기관에 집어넣어 버렸다. 이른바 링투름 안에 있는 회사였다. 달리 대안이 없었던 그는 그곳에서 밥벌이를 위해 일해야만 했다. 당장 상상할 수 있듯이 서류를 들고 돌아다니고 목록을 작성하는, 대단치 않은 일이었다. 그러나 그는 아내가 있었고, 슈탈부르크가세 스페인 궁중승마학교와 비스듬하게 마주보고 있는 집의 집세를 내야만 했다. 그곳은 최고급 주거지인 만큼 집세도 최고 수준이었다. 그때까지 자유롭게 살던 남작님께서 이제 아침 일곱 시 반까지 사무실에 출근해야 하고, 남작님이라고 해도 전혀 예외가 없는 온갖 잡무처리로 분주한 하루를 보내게 된 것이다. 하지만 그는 전혀 기가 죽지 않았고, 틈만 나면 자신의 사무실에서 일어나는 일들을 가지고 사람들을 웃겼다. 시립 보험기관 내의 풍경을 묘사할 때 그의 유머 넘치는 상상력은 최고로 화려하게 꽃피었다. 그 이야기 하나만으로도 그는 저녁 내내 친구들을 흥겹게 만들어 줄 수 있었다. 자신은 이제야 비로소 인민 속으로 들어간 셈이니 기쁘다는 것이다. 이제야 비로소 인민의 실상을 눈앞에 볼 수 있으며, 인민들의 삶이 어떻게 굴러가는지를 체험하게 되었으니 말이다. 내 생각에 그의 친척들이 그를 하필이면 보험기관에 집어넣은 것은, 우연히도 기관의 최고 책임자와 그들이 친분이 있었기 때문이지 다른 이유는 전혀 없었다. 그 친분이 아니었다면 보험기관은 그를 절대로 받아 주지 않았을 것이다. 게다가 그 나이에 말이다. 육십 살이 다 된 사람을 어느 회사가 채용하겠는가? 생계를 유지하기 위해서, 즉 돈을 벌기 위해서 노동해야 한다는 것은 그로서는 생전 처음으로 겪는 생경한 체험이었다. 그래서 모두들 그가 도저히 버티지 못하고 그만둘 것으로 예상했다. 하지만 그 예상은 틀렸다. 파울은 죽기 얼마 전까지, 즉 도저히 일을 할 수 없는 상태에 이를 때까지 쇼텐링의 보험기관을 다녔기 때문이다. 정해진 출근 시간에 사무실로 들어갔고, 정해진 퇴근 시간에 사무실을 나왔다. 나는 완벽하게 모범적인 공무원이야, 하고 그는 종종 말하곤 했고 나는 그의 말을 한 번도 의심하지 않았다. 에디트는 그의 두 번째 아내였는데 내 추측에 그들은 베를린의 어떤 오페라 공연에서, 공연 시작 전이나 공연 중 아니면 공연이 끝난 뒤에 서로 알게 된 듯하다. 그녀는 앙드레 셰니에의 작곡가인 조르다노의 조카로 친척들 대부분은 이탈리아에 살았다. 해마다 여름이면 그녀는 세 번째 남편인 파울과 함께 혹은 대개의 경우는 파울 없이, 이탈리아로 휴양을 떠났다. 나는 그녀를 아주 좋아했고, 우연히 브로이너호프에서 커피 한 잔을 앞에 두고 앉아 있는 그녀를 발견하면 참으로 반갑고 기뻤다. 그녀와 함께라면 기분 좋고 즐겁게 대화할 수 있었다. 최고로 좋은 집안 출신이라는 점을 제외하고도 그녀는 평균치를 훌쩍 뛰어넘는 지성과 매력을 갖춘 여자였다. 거기다 우아하기까지 했는데, 그것은 파울 비트겐슈타인의 부인이라는 점을 생각하면 지극히 당연했다. 남편의 병세가 급격하고도 정신없이 악화되면서 이제 죽음 말고는 아무것도 바랄 수 없음이 자명해지던 시기, 발작의 빈도가 점점 더 잦아지고 빈이나 트라운 호수에 있는 시간보다는 슈타인호프 병원이나 린츠의 바그너-야우레크 병원에 입원해 있는 기간이 점점 더 길어지던 시기, 그녀에게는 의심의 여지없이 가장 혹독하고 힘들었을 그런 시기에도 그녀는 한 마디의 푸념이나 하소연을 입 밖에 내지 않았다. 그녀는 파울을 사랑했고 단 일 분도 그를 나 몰라라 하지 않았다. 사실상 그들 부부는 대부분의 시간을 떨어져서 보내긴 했지만 말이다. 그녀는 대개 세기 전환기에 지어진 슈탈부르크가세의 작은 집에서 살았고, 그녀의 남편은 대개 슈타인호프나 혹은 예전에는 그냥 니더른하르트라고만 불리던 린츠의 바그너-야우레크 병원 어느 소름 끼치는 커다란 병실에서 환자용 수감복을 입고 그와 처지가 비슷한 다른 환자들과 함께 식물처럼 말라비틀어지고 있었으니까. 그의 발작은 예고 없이 불쑥 찾아오는 것이 아니라 항상 몇 주일 전에 어떤 전조 증세를 나타내곤 했다. 그는 갑자기 손을 떨기 시작했고, 문장을 끝까지 말할 수는 없지만 쉬지 않고 몇 시간이고 계속해서 말을 했다. 그의 말을 중단시키는 것은 불가능했다. 그는 또 갑자기 극심하게 불규칙적으로 걸었다. 열 걸음이나 열한 걸음을 난데없이 아주 빠르게 걸은 다음, 서너 걸음, 혹은 다섯 걸음쯤 유난히 느리게 걷는 것이다. 그리고 길거리에서 마주친 전혀 모르는 사람에게 아무런 이유 없이 말을 걸었고 아침 열 시에 자허 호텔에서 샴페인 한 병을 주문하고는 그걸 마시지는 않은 채 미지근해질 때까지 그냥 두었다. 그러나 이런 정도는 모두 위험하지 않은 징조들이었다. 방금 자신이 주문한 아침 식사가 가득 담긴 쟁반을 웨이터가 식탁에 내려놓자마자 그걸 들어서 비단 벽지를 바른 벽에다 내동댕이친다면, 그건 이미 심각한 징조였다. 한 번은 페터스 광장에서 택시에 탄 다음 오직 한마디 **파리**라고 했다는 것이다. 그래서 그가 누구인지 알고 있던 택시운전수는 그를 정말 파리로 데려다 주었고, 그곳에 살던 비트겐슈타인 집안 친척 아주머니가 택시비를 지불해야만 했다. 내가 사는 나탈에도 그는 여러 번이나 그런 식으로 택시를 타고 와서 겨우 삼십 분을 머물다 돌아가곤 했다. 그냥 널 한 번 보려고, 그래서 왔다는 것이다. 그러고는 다시 택시를 타고 빈으로 돌아가 버렸다. 아무리 그래도 빈에서 나탈까지는 이백십 킬로미터의 거리인데 왕복이면 사백이십 킬로미터가 된다. 마지막 단계로 유리잔 하나조차 들어 올릴 기운이 없고 자제력을 완전히 잃어 버린 나머지 매 순간 울음을 터트리게 되면, 그건 그 자신의 표현대로, 병원으로 실려 갈 때가 **무르익은** 것이다. 그는 사람을 만나러 갈 때면 죽은 친구들이 남겨 주었거나 아직 살아 있는 친구들이 선물해 준 우아한 정장을 입었다. 예를 들면 오전 열 시에 흰색 양복 차림으로 자허 호텔에 앉아 있다가 열한 시 반에는 회색 줄무늬 양복을 입고 브로이너호프에, 한 시 반에는 검은색 양복으로 앰배서더에, 그리고 오후 세 시 반에는 엷은 갈색 양복 차림으로 다시 자허 호텔에 모습을 나타내는 식이었다. 걸어갈 때나 서 있을 때는 주변을 전혀 아랑곳하지 않고 바그너의 아리아 전곡을 불러 젖히곤 했는데, 거기에다 오페라 **지크프리트**의 거의 절반, **발퀴레**의 거의 절반에 해당하는 노래들까지 탁하게 갈라진 목소리로 추가하는 일이 드물지 않았다. 길거리에서는 전혀 모르는 낯선 행인들을 붙잡고는, 클렘페러 이후의 음악은 차마 들어 줄 수가 없다는 자신의 의견에 동조하는지 물었다. 그렇게 그가 말을 걸었던 대다수의 사람들은 클렘페러라는 이름을 한 번도 들어본 적이 없었고 음악에 대해서도 아무것도 모르고 있었지만 그는 신경 쓰지 않았다. 기분이 내키면 그는 길 한가운데서 스트라빈스키 또는 그림자 없는 여인에 대해서 강연을 했으며, 이제 곧 트라운 호수에서 세계 유명 음악가들이 출연하는 오페라 그림자 없는 여인을 무대에 올리겠다고 공언했다. 그림자 없는 여인은 바그너의 오페라를 제외하면 그가 가장 좋아하는 작품이었다. 실제로 그는 당대 최고로 유명한 가수들에게, 트라운 호수에서 열리는 그림자 없는 여인에 특별출연할 경우 보수를 얼마나 원하는지 종종 물어보았다. 호수 위에 떠 있는 무대를 세우겠어, 하고 그는 여러 번이나 말했다. 그리고 트라운슈타인 아래쪽에 필하모닉을 위한 두 번째 무대를 설치하는 거야. 그림자 없는 여인은 트라운 호수 위에서 들어야 해. 즉 트라운키르헨과 트라운슈타인 사이에서 들어야만 한다는 거지. 그는 또 말했다. 클렘페러의 죽음 때문에 내 계획이 어그러졌어. 뵘이 지휘하는 그림자 없는 여인은 고양이가 앵앵거리는 소리로밖에 안 들릴 거야. 언젠가 그는 빈에서 가장 비싼 최고급 양복점 크니체에서 한꺼번에 두 벌의 흰색 연미복을 맞추었다. 옷이 완성되자 그는, 검은색 연미복조차 맞춘 적이 없는 자신에게 흰색 연미복을 두 벌이나 배달하다니 참으로 황당한 일이다, 혹시 크니체 양복점은 자신이 미쳤다고 생각하는 게 아닌가, 하고 항의를 했다. 그런데 사실은 지난 몇 주일간 그는 하루가 멀다 하고 매일 크니체 양복점을 들락거리면서, 자신이 맞춘 두 벌의 연미복을 여기 저기 고쳐 달라고 끊임없이 요구해 왔던 것이다. 몇 주일 정도가 아니라 몇 달 동안 크니체 양복점은 그의 변경 요구에 시달릴 대로 시달렸는데, 마침내 옷이 완성된 그 순간에 파울은 자신이 크니체에서 두 벌의 연미복을 맞추었다는 사실 자체를 전면 부인하고 나선 것이다. 흰색 연미복이라니, 이 사람들이 날 뭘로 보는 거야. 내가 미치지 않고서야 한꺼번에 흰색 연미복을 두 벌이나 맞출 리가 없지 않은가. 그것도 하필이면 크니체 양복점에서 말이야. 크니체에서는 몇 다발이나 되는 증거 자료들을 제시하면서 파울에게 옷값을 내라고 요구했다. 물론 파울은 돈이 한 푼도 없었기에 결국 그 옷값은 비트겐슈타인 집안에서 지불해야만 했다. 그리고 물론 이 소동이 있은 후에 파울은 다시 슈타인호프로 실려 갔다. 그의 친척들은 파울이 자유롭게 활보하는 것보다 그 안에 있는 편이 더 낫다고 생각했다. 파울은 자유가 주어졌다 하면 가장 뻔뻔한 방식으로 그 자유를 남용한다고 그들은 믿었을 테니까. 비트겐슈타인 집안 사람들은 파울을 싫어했다. 비록 나에게는 그가 비트겐슈타인 집안에서 나온 가장 사랑스러운 산물이었지만, 바로 그 이유 때문에 그들은 그를 더욱 싫어했다. 그런 우리 둘이 동시에 우리들 운명의 산인 빌헬미네에 와 있다니, 정말 기괴한 기분이었다. 나는 내가 들어가야 하는 폐병동에, 그는 그가 들어가야 하는 정신병동에 말이다. 예전에도 그는 종종 자신이 과연 몇 번이나 슈타인호프 병원에, 그리고 니더른하르트라고 불리는 바그너-야우레크 병원에 입원했었는지 손가락으로 세어 보이곤 했다. 하지만 그 횟수를 다 세기에 손가락은 수가 부족했으므로 그는 단 한 번도 정확한 횟수를 말해 주지 못했다. 생의 전반기 동안 돈은 그에게 아무런 의미도 없었다. 그의 삼촌 루트비히처럼 그에게도 돈이 너무 많았으므로, 그 둘이 모두 생각했듯이 써도 써도 도저히 닳지 않을 듯한 거대한 돈더미가 그들 눈앞에 있는 것 같았기 때문이다. 하지만 돈이 한 푼도 없던 생의 후반기 동안 돈은 그에게 참으로 중요한 것이 되었다. 그 시기에도 그는 처음 몇 년 동안은 생의 전반부와 마찬가지 행동을 하고 살았다. 그것은 당연히 친척들과 불화를 일으키는 결과를 가져왔다. 그는 적어도 법적으로는 더 이상 친척들에게 아무런 요구도 할 수 없는 입장이었다. 하룻밤 사이에 무일푼 신세가 된 그는 자신의 집 벽에 걸린 그림들을 당장 떼어다가 빈과 그문덴의 무자비한 중개상들에게 헐값으로 팔아넘겼다. 그리고 골동품상이라고 부르는 교활한 일당이 화물차를 몇 대나 가지고 와서 값비싼 가구들 대부분을 싣고 어디론가 사라져 버렸다. 그들은 최고급 물건들의 대가로 파울에게 잔돈 몇 푼을 쥐어 주었을 뿐이다. 요제프 황제 시대의 화장대를 샴페인 한 병 값에 팔아넘긴 파울은, 화장대를 구입한 골동품상과 함께 그 샴페인 한 병을 몽땅 마셔 버렸다. 나중에 그는 단 한 번이라도 베네치아에 가보고 싶다는 소망을 여러 번이나 말했다. 그리티 호텔에서 하룻밤 묵 자 보기 위해서 말이다. 하지만 그 정도 소원을 이루기에도 이미 때는 너무 늦었다. 그는 슈타인호프와 바그너-야우레크 병원에 입원해 있으면서 겪은 믿을 수 없는 경험들을 내게 들려 주었는데, 남들에게도 해 줄 만한 이야기이긴 하지만 이 책에서 그것을 다 쓸 수는 없다. 내가 돈이 있을 때만 해도 의사들과 친구처럼 지냈지, 하고 그는 자주 말했다. 하지만 돈이 떨어지고 나면 그들은 사람을 돼지처럼 다루어 버려. 간호사들은 남작님을 우리 안에, 즉 병원의 수백 개나 되는 창살 침대 중 하나에 가두어 버렸다. 그 침대는 측면뿐만 아니라 윗부분까지 창살로 완전히 막혀 있었다. 그는 기진맥진해지고 힘이 완전히 빠져서 아무런 행동도 할 수 없게 되어서야 그 안에서 풀려날 수 있었다. 수 주일 동안이나 매질과 전기충격 요법이라는 치료를 받은 다음에 말이다. 나는 파울을 다시 만나는 것이 두려웠다. 그러다 드디어 어느 날 재회의 순간이 왔다. 점심시간과 면회 시간 사이, 헤르만 병동이 온전한 휴식에 들어가는 그때, 나는 내 이마 위에 놓이는 그의 손을 느끼면서 잠에서 깨어났다. 그는 내 곁에 서 있었다. 그리고 앉아도 되느냐고 물었다. 내 침대에 걸터앉은 그는 가장 먼저, 다른 무엇도 아닌 발작적 웃음부터 터트렸다. 그 자신이 보기에도 우리가 같은 시기에 빌헬미네 산 병원에 입원해 있다는 사실이 기막히게 우스웠기 때문이다. 자네는 자네가 있어야 할 곳에, 그리고 나는 내가 있어야 할 곳에 있는 셈이군, 하고 그는 말했다. 그는 잠시만 있다 갔다. 우리는 앞으로 더 자주 만나기로 했다. 한 번은 내가 슈타인호프로 가고 다른 한 번은 그가 슈타인호프에서 내가 있는 바움가르트너회에로 넘어오는 식으로. 나는 헤르만 병동에서 루트비히 병동으로 가고,

그는 루트비히 병동에서 내가 있는 헤르만 병동으로 오기로. 하지만 우리가 실제로 그 약속을 실행한 것은 단 한 번뿐이었다. 우리는 헤르만 병동과 루트비히 병동 중간에서 만났고, 폐병동의 가장 경계에 있는 벤치에 함께 앉았다. 그로테스크해, 참으로 그로테스크해! 하고 그는 말했다. 그러고는 곧 눈물을 흘리기 시작했고, 좀처럼 울음을 그치지 않았다. 그는 한참을 울었고 그동안 내내 온몸을 덜덜 떨었다. 나는 그를 루트비히 병동까지 데려다 주었다. 병동 앞에는 이미 경비 두 사람이 나와 그를 기다리고 있었다. 헤르만 병동으로 되돌아오는 내 마음은 슬픔으로 한없이 무거웠다. 벤치에서의 이 만남, 둘 다 병원에서 내준 환자복 차림으로, 나는 폐병동의 환자복을, 그는 슈타인호프 정신병동의 환자복을 입고 조우한 이 만남을 지금도 잊을 수가 없다. 그날 이후 우리는 다시 만날 수도 있었겠지만 그러지 않았다. 견딜 수 없을 정도로 무겁고 침울했던 그 상황을 다시 경험하고 싶지 않았기 때문이다. 우리는 둘 다 이 한 번의 만남으로 인해 빌헬미네 병원에서는 두 번 다시 재회하기가 어렵게 되었음을 예감했다. 그런 얘기는 한 마디도 서로 나누지는 않았지만 말이다. 마침내 내가 헤르만 병동에서, 의사들이 예고한 바와는 달리 죽지 않고 살아서 퇴원한 후에도 한동안 나는 내 친구의 소식을 전혀 듣지 못했다. 나는 우선 나 자신을 정상화시키기 위해서 부단히 노력을 했다. 아직은 뭔가 새로운 일에 착수할 엄두를 낼 수는 없었고, 내가 없는 동안 사람의 손길이 닿지 않아 상당히 황폐해진 집을 정돈하는 데만 몰두했다. 그러면서 생각했다. 천천히, 천천히 하자. 다시 일을 시작할 수 있을 만한 조건을 급하게 욕심내지 말고 서서히 만들어 나가자. 몇 달 동안이나 집을 떠나 있었던 병자에게는 모든 것이 낯설게 느껴지기 때문에 많은 노력을 기울이고 시간이 어느 정도 흘러야만 점차 과거의 사물들에 다시 익숙해질 수 있다. 그러기 위해서는 뭐든지 전부 하나하나 다시 배워 나가야 하는 것이 당연하다. 집을 떠나 있던 동안 병자는 사실상 그 모두를 잃어버렸던 셈이므로, 이제 다시 하나하나 되찾아 가는 과정이 필요한 것이다. 원칙적으로 병자는 늘 혼자 남겨지는 입장이다. 그렇지 않다며 반박하는 말들은 모두 왜곡된 거짓에 불과하다. 그러므로 병자는 몇 달 전, 혹은 나도 몇 번이나 경험했듯이 몇 년 전에 중단된 시점으로 되돌아가 삶을 현재와 연결하기 위해 매번 초인적인 힘을 발휘하여야 한다. 그런데 건강한 사람은 그것을 이해하지 못한다. 건강한 사람은 즉시 인내심을 잃어 버리고, 집으로 돌아온 병자를 편하게 해 주어야 할 바로 그 시점에 병자를 모든 면으로 더욱 힘들게 만든다. 건강한 사람은 결코 아픈 병자들을 참아 내지 못하며, 이점 역시 잊으면 안 되는데, 병자들 역시 건강한 사람들을 참아 내지 못한다. 병자들은 건강한 사람보다 만사에 훨씬 더 까다로워지지만 건강한 사람들은 몸이 건강하니 까다롭게 굴 필요가 없기 때문이다. 따라서 병자들은 건강한 사람을 이해할 수 없고, 반대로 건강한 사람도 병자들을 이해할 수가 없다. 이러한 갈등은 흔히 치명적인 수준으로 치달아 마침내 병자는 결국 이겨 내지 못하고, 건강한 사람 자신도 이런 갈등을 겪다 보면 결국 병에 걸리고 마는 일이 드물지 않다. 몇 달 혹은 몇 년 동안이나 병마에 시달리느라 모든 일상으로부터 떨어져 입원 생활만 하던 사람을 상대하기란 결코 쉽지 않다. 게다가 대부분의 건강한 사람들은 병자를 도와주려는 의지 자체가 아예 없기 마련이다. 그들은 겉으로는 끊임없이 착한 사마리아인인 척하지만, 사실은 착한 사마리아인과는 거리가 멀며 착한 사마리아인이 되고 싶어 하지도 않는다. 겉으로만 그러는 척하는 태도는 병자에게 해가 될 뿐 조금의 도움도 되지 못한다. 그래서 사실상 병자는 항상 혼자이며, 우리도 알다시피 외부에서 다가오는 도움의 손길은 거의 언제나 병자를 방해하거나 도리어 괴롭히는 결과를 가져온다. 병자가 궁극적으로 필요로 하는 것은 결코 눈에 뜨이지 않는 그런 종류의 도움이지만 건강한 사람들은 그런 도움을 줄 능력이 없다. 그들의 이기적이며 가식적인 도움은 결국 병자에게 해를 입히고, 병자를 편하게 해 주는 것이 아니라 모든 면에서 더욱 힘들게 한다. 보호자들은 대부분의 경우 병자를 전혀 보호하지 못하며 병자의 스트레스를 가중시킬 뿐이다. 그러나 막 퇴원하여 집으로 돌아온 병자는 스트레스를 견뎌 낼 힘이 없다. 그래서 보호자들에게 그건 도움이 아니라 도리어 스트레스가 된다고 지적하면, 병자는 자신을 보호해 주는 척하고 있는 사람으로부터 공격을 받게 된다. 병자의 입장에서는 최후의 방어수단으로 말을 한 것뿐인데도, 오만하고 이기적이며 까탈스러운 환자라는 비난을 받는다. 건강한 사람은 집으로 돌아온 병자를 자신의 세계에 받아들이는데, 그것은 단지 가식적인 호의이며 가식적인 희생정신 때문이다. 그 호의와 친절, 희생정신이 진실인지 아닌지 어느 날 병자가 한 번 시험을 해 본다면, 그것은 겉보기만 그럴듯할 뿐 병자의 입장에서는 차라리 받아들이고 싶지 않은 위선적인 봉사임이 금세 드러난다. 하지만 다르게 생각한다면, 진정한 호의와 진정한 봉사, 그리고 진정한 희생만큼 인간에게 불가능한 일이 또 어디 있겠는가. 진정과 가식 사이의 경계를 명확히 구분하는 것 또한 난감하다. 어떤 행동이 가식에 불과한데도 우리는 편견에 눈이 멀어서 오랜 세월 동안 그것을 진정이라고 믿어 버리는 일도 많다. 병자들을 상대로 건강한 사람들이 베푸는 가식적인 호의는 세상에 가장 흔하게 퍼져 있는 가식이다. 원래 건강한 사람은 병자들과는 인연을 맺고 싶지 않은 것이 사실이다. 그들은 한 번 중병에 걸린 병자가, 정말로 심각한 병자를 말하는 것이다, 어느 날 다시 삶의 의지를 불태우며 건강을 회복하려고 용을 쓰는 것을 결코 좋게 보지 않는다. 건강한 사람들은 병자들이 다시 건강해지는 것을, 최소한 다시 정상으로 돌아가는 것을, 최소한 병 상태가 호전되는 것을 저해하는 장본인이다. 건강한 사람들은 솔직한 심정으로 병자와 어떤 인연도 맺고 싶어 하지 않는다. 병자들과 함께 있으면서 병을 생각하고, 그리고 그것에 당연히 따라오는 결과인 죽음을 연상하고 싶지 않기 때문이다. 건강한 사람들은 자기들끼리 어울리고 자기들끼리만 있고 싶다. 건강한 사람들은 근본적으로 병자의 존재 자체를 참아 줄 수가 없다. 나 자신도 병자들의 세계에서 건강한 사람들의 세계로 돌아오는 일이 항상 만만치 않았다. 병에 걸려 있는 동안 병자는 건강한 사람들로부터 철저하게 외면받는다. 그들은 병자를 마음에서 놓아 버리며, 오직 자신들의 안위에만 충실한 채 살아간다. 그런데 갑자기, 그들이 이미 속으로 놓아 버렸고 나중에는 거의 관심도 갖지 않던 그 당사자가 되돌아와서 자신의 권리를 요구하는 것이다. 그러면 사람들은 즉시 그에게 아무런 권리도 남아 있지 않다는 식으로 대응하게 된다. 건강한 사람들의 시각으로 보자면 일단 병에 걸린 병자는 더 이상 권리가 없는 것이니까. 물론 여기서 병자란 나나 파울 비트겐슈타인처럼 평생 동안 병을 짊어지고 살아가는 그런 중병 환자를 의미한다. 병자들은 병에 걸렸으므로 건강한 자들의 자비를 먹고 살아야만 하는 금치산자 신분이 되는 것이다. 병자들은 병에 걸리는 바람에 자신의 자리를 비워 놓고 떠났는데, 이제 갑자기 다시 나타나 예전의 자리를 요구하고 있다. 건강한 사람들은 이것을 뻔뻔함의 극치라고 여긴다. 그래서 집으로 돌아온 병자는 자신이 마치 아무 권리도 없는 장소에 밀치고 들어온 침입자라는 느낌을 피할 수가 없다. 이 과정은 전 세계 어디나 똑같다. 병자가 떠나고 나면 건강한 사람들이 즉시 그의 자리를 차지한다. 차지할 뿐만 아니라 완전히 자신들의 소유로 만든다. 그런데 병자가 예상과는 달리 죽지 않고 되돌아와서 자신의 자리를 요구하고 소유권을 회복하려 하면, 이것은 건강한 사람들을 분노하게 만든다. 이미 삭제되었다고 생각한 사람이 다시 등장함으로써 자신들의 자리가 도로 좁아졌기 때문이다. 이것은 건강한 사람들이 원하는 바가 결코 아니다. 그러므로 병자들이 자신의 자리를 되찾고 그것을 다시 소유하려면 초인적인 힘이 필요하다. 그러나 예외적인 경우도 있어서, 중병에 걸린 어떤 환자는 집에 돌아오는 즉시 자신의 자리를 재점유하기 위한 가차 없는 작업에 돌입한다. 심지어 그들은 건강한 사람들을 밀어내 버릴 만큼 가공할 위력을 발휘할 때도 있다. 밀어내고 완전히 쫓아 버리다 못해 어떤 경우는 죽일 수도 있는 위력이다. 하지만 그런 경우는 극히 드물고, 실제로 빈번하게 일어나는 풍경은 이미 내가 말한 그대로이다. 집으로 돌아온 병자는 자신을 보살펴 줄 세심한 손길만을 갈구하지만, 그가 마주치는 것은 무자비한 위선이 전부이다. 병자는 투시력이 있으므로 위선을 즉시 꿰뚫어 본다. 집으로 돌아온 병자는, 즉 중병에 걸린 병자는 세심하게 대해야 하는 존재이다. 하지만 그것이 참으로 어려운 일이기에, 퇴원한 병자를 세심하게 맞아들이는 경우를 거의 볼 수가 없다. 건강한 사람들은 병자가 돌아오자마자 그에게서 이질감부터 느낀다. 그들에게 속하지 않은 별개의 종족으로 여기는 것이다. 그래서 모든 수단을 동원하여 집으로 돌아온 병자를 밀쳐 내는데, 입으로는 그와 반대의 내용을 얘기한다. 하지만 나는 이러한 어려움을 전혀 겪지 않았다. 사람이라곤 그림자도 살지 않는 텅 빈 집으로 돌아왔기 때문이다. 그리고 나와 비슷한 시기에 퇴원을 한 파울 역시 다행히도 그의 아내 에디트에게 되돌아갔다. 나는 내 친구 파울의 아내만큼 헌신적인 사람을 알지 못한다. 그녀는 그토록 긴 세월 동안 변함없이 그를 보살폈고, 파울이 죽기약 반 년쯤 전에 그녀 자신이 뇌졸중으로 쓰러져 부분적으로 마비가 올 때까지 오직 사랑으로 그를 돌보았다. 오랫동안 병원에 입원해 있던 그녀는 퇴원 후 몇 달 동안 시내에 자주 모습을 드러내기는 했으나 당연히 예전의 그 에디트가 아니었다. 뇌졸중이 오기전보다 훨씬 더 사람을 피하게 되었고 집에서 가장 가까운 상점에서만 식료품을 구입했으며 요리하기조차도 힘에 겨워서 도로테어가세에 있는 그라벤 호텔에서 점심식사를 했다. 그라벤 호텔은 음식값이 쌌지만 그래도 예전에는 요즘과 달리 꽤 먹을 만했다. 레기나 호텔과 로얄 호텔의 소유주이기도 했던 그라벤 호텔의 주인부부가 둘 모두 파킨슨병으로 죽고 나자 그 세 호텔의 식당은 일제히 형편없는 수준으로 떨어졌고, 나 역시 그 호텔을 출입하지않은 지가 오래되었다. 솔직히 참으로 아쉬운 일이다. 그라벤 호텔은 앉아서 시간을 보내기에 정말로 좋은 장소였기 때문이다. 어느 날 에디트가 죽었다. 내 친구 파울은 말 그대로 홀로 남았다.그리고 아주 빠른 속도로 그의 상태가 나빠졌다. 간혹 그가 예전의 파울처럼 보이기도 했지만, 그래도 역시 죽음이란 글자가 그의얼굴에 선명하게 씌어 있었다. 그도 그 사실을 알았다. 그는 이 세상에서 잃을 것이 하나도 없는 몸이었다. 몇 번인가 잘츠캄머굿에서 요양을 시도하긴 했지만 아무런 효과가 없었다. 에디트 생전에그는 거의 항상 그녀를 브로이너호프 위층의 집에서 혼자 지내게했는데, 이제 그녀가 죽고 나니 그녀 없이는 더 이상 살아갈 수 없

게 되었다. 그는 이제 다 끝났다는 인상을 주었고, 그를 도울 수 있
는 방법은 아무것도 남아 있지 않았다. 우리 친구들은 기분 전환
이라도 시켜 주려고 종종 그를 식당으로 데리고 갔지만 아무 소용
이 없었다. 아내의 죽음 이후 파울 자신이 먼저 나서서 나와 다른
친구들을 몇 번인가 자허 호텔로 초대하여 샴페인을 주문하기도
했지만 그의 우울증은 깊어질 뿐이었다. 지난 몇 년간 그는 슈타
인호프나 바그너-야우레크 병원에(그 정신병원의 이름이 된 바그너
-야우레크도 그의 친척 중의 한 명이었다) 입원해 있지 않을 때면 에
디트와 함께 트라운키르헨으로 가곤 했는데, 그 길을 이제는 혼자
서 갔다. 하지만 여행의 결과는 휴양보다는 오직 절망뿐이었다.
아주 멀리서도 금방 알아볼 수 있을 만큼 명백한 절망의 몸짓으로
그는 인근 지역을 배회하고 돌아다녔지만 그 어디에서도 마음의
안식을 찾지 못했다. 알트뮌스터와 트라운키르헨 사이의 언덕 위
에 있는 집은 절반이 그의 소유이고 나머지 절반은 일 년 중 대부
분을 스위스에서 지내는 그의 형제가 소유권을 가졌는데, 그곳에
있는 파울 자신의 방들은 일 년 사시사철 너무도 추워서 들어서자
마자 금방이라도 얼어 죽을 듯한 기분이 들었다. 천장까지 습기가
들어찬 높다란 벽에는 곰팡이가 그득하게 피어서 보기에도 끔찍
한 클림트 시대의 회화가 네 점 걸려 있었다. 그 곁에는 마찬가지
로 끔찍한 진짜 클림트도 한 점이 있었다. 무기 제조업자인 비트
겐슈타인 가문은 클림트뿐 아니라 당대의 다른 유명 화가들에게
도 자신들의 초상화를 그리도록 했다. 예술을 후원한다는 명목 아

래 초상화를 그리게 하는 것이 세기 전환기 신생 부자들 사이에서 큰 유행이었기 때문이다. 원래 비트겐슈타인 집안도 다른 부자들과 마찬가지로 예술에는 관심이 없었지만, 그래도 예술후원자가 되고 싶어 했다. 방 한 구석에는 뵈젠도르퍼 그랜드 피아노가 한 대 있었고, 쉽게 추측할 수 있듯이 당시 이름을 날리던 유명 피아니스트들 전부가 그 피아노 앞에서 연주를 했다. 방이 얼어 죽을 듯이 추운 것은 일층의 큰 방에 있는 엄청난 크기의 타일 난로 탓이었다. 난로는 수십 년 전부터 고장이 난 상태였으므로 수십 년 동안 집안은 난방을 전혀 할 수 없었던 것이다. 난로는 이제 난로라기보다는 차라리 냉장고나 마찬가지 물건이 되었다. 파울과 에디트가 털외투로 몸을 칭칭 싸매고 그 난로 앞에 앉아 있는 광경을 나는 종종 목격했다. 잘츠캄머굿이란 지방은 최소 유월이 될 때까지는 난방을 해야 하고 짧은 여름이 지난 후 팔월 중순부터 다시 난방이 필요해지는 곳이다. 그토록 혹독하게 추운 지방이지만 누군지 완전히 엉터리로 말을 만들어 놓아서, **시원한 여름**을 보내는 피서지라는 호감 넘치는 명칭으로 알려져 있다. 하지만 실상 잘츠캄머굿의 날씨는 오직 춥고 음침하기만 하여 신경이 예민한 사람들에게는 독이나 마찬가지다. 잘츠캄머굿 주민들은 예외 없이 류머티즘을 앓고 있으며 나이가 들면 모두 허리가 굽고 뼈가 구부정하게 기형으로 변한다. 그곳에서 살아가려면 아주 튼튼해야만 한다. 잘츠캄머굿에서 며칠 동안 지내는 것은 환상적이지만 그보다 오래 머문다면 누구나 치명적인 후유증을 앓는다. 파울은 잘츠캄머굿을 사랑했다. 그곳에 어린 시절의 추억이 있기 때문이다. 하지만 이제는 그곳에 가더라도 우울이 점점 더 심해질 뿐이었다. 건강이 나아질지도 모른다는 희망 하나로 빈에서 그곳까지 달려갔건만, 그의 몸 상태는 더욱 나빠지기만 했다. 잘츠캄머굿은 그의 영혼과 육체를 점점 더 가혹하게 갉아먹었다. 그 당시 나는 파울과 함께 알트뮌스터 근방을 산책했는데, 산책이 그 어떤 긍정적인 효과도 없었음을 기억한다. 그래도 아직은 우리 사이에 이상적인 대화가 오갈 수는 있었지만, 에디트의 죽음 이후로 사실상 모든 빛이 꺼져 버린 것이나 마찬가지였다. 어쨌든 그녀의 죽음이 모든 것을 완전히 바꾸어 놓은 것이다. 마치 이전의 세계는 회복 불가능하게 산산이 부서져 버린 듯했다. 그의 웃음조차도 아주 힘겨워 보였다. 설사 아내이자 사랑하는 여인의 죽음이 없었다고 해도 그는 이미 삶이 예전보다 두 배로 힘들어지는 나이에 도달해 있었다. 우리가 있던 방의 공기는 너무도 습기 차고 탁해서, 바깥 날씨가 화창했음에도 불구하고 나는 숨이 막히고 금방이라도 질식할 것 같았다. 그제서야 나는 그동안 그와 그의 아내가 왜 이 집에서 살지 않고 대부분의 시간을 아랫마을 중심가에 있는 작은 여관에서 지냈는지 이해할 수 있었다. 또 여관에 머물면 모든 걸 손수 처리할 필요가 없었다. 예순 살이 넘으면 일상의 살림을 손수 꾸려 가기가 쉽지 않은데 더구나 에디트는 죽을 때 나이가 거의 여든에 가까웠던 것이다. 좀 어이없는 일이긴 하지만 그런 상황에서도 그가 내 동생과 함께 트라운 호수에서 요트를 탔던 것이 기억난다. 나는 높은 파도가 이는 호수에서 요트 타기가 겁이 났지만 중병환자인 그는 열정의 대상인 요트를 다시 탄다는 사실에 신나고 감격스러워 했다. 이후에 내 동생은 요트 항해를 더 해 보자고 파울을 부추겼지만 그런 일은 일어나지 않았다. 최후의 순간이 다가오자 그는 요트를 탈 수 없을 정도로 몸이 쇠약해졌기 때문이다. 나와 내 동생과 함께 했던 요트 항해는 그를 호수 위에서 행복하게 만들어 주었지만, 뭍에 다다르는 즉시 그는 다시 우울로 빠져들었다. 그것이 자신의 마지막 항해임을 그는 분명히 깨달았다. 그 시기에 그는 뭔가를 할 때마다 늘 이번이 마지막이야, 라는 말을 하는 것이 습관이 되었다. 내 친구들이 나와 함께 있으면, 그는 내켜 하지 않으면서도 그들과 함께 어울려 산책에 나섰다. 나 역시도 산책을 좋아하지는 않는다. 나는 일생 동안 억지로 산책을 한 사람이다. 비록 억지로 산책을 하기는 했지만 그래도 친구들과 함께 있을 때는 내가 산책을 정말로 좋아하는 사람인 듯이, 그렇게 행동하면서 산책을 했다. 나는 산책을 할 때마다 친구들이 놀랄 정도로 과장된 연극적인 태도로 즐거움을 표현했다. 사실 나는 산책을 전혀 좋아하지 않으며 자연을 좋아하는 사람도 아니고 자연에 대해서 아는 것도 거의 없다. 하지만 친구들과 함께 있으면 내가 산책을 정말로 좋아하는 사람인 듯이, 자연을 사랑하며 자연에 대해 해박한 것처럼 행동하는 것이다. 나는 자연에 대해서 아는 것이 하나도 없을 뿐 아니라 솔직히 자연을 증오하고 있다. 자연이 나를 죽이기 때문이다. 내가 자연과 가까이 거주하는 이유는 단 하나, 의사들이 나에게 살고 싶으면 **자연에서 지내야** 한다고 말했기 때문이지 다른 이유는 전혀 없다. 나는 정말로 모든 것을 사랑하지만 오직 자연만은 아니다. 내게 자연은 섬뜩한 존재이다. 자연의 사악함과 냉혹함을 내 육신과 영혼으로 통렬히 체험했으며 자연의 아름다움에서 항상 사악함과 냉혹함을 동시에 보기 때문에 나는 자연이 무섭다. 그래서 가능한 멀리하고 싶다. 도시에서 나고 자란 나에게 자연이란 할 수 없이 감수해야 하는 그 무엇에 속한다. 이것이 진실이다. 만사가 내 의지대로 되는 법이 하나도 없는 전원에서 내가 살고 있는 것은 어쩔 수 없는 선택이다. 물론 파울도 나와 마찬가지로 뼛속까지 도시인이었으며 자연에서 오래 지내다 보면 얼마 안 가 저절로 기진맥진해지곤 했다. 한 번은 내가 노이에 취리히 **차이퉁** 신문을 꼭 봐야 할 일이 있었다. 그 신문에 실린 모차르트의 **차이데**에 관한 글을 읽어야 했던 것이다. 나는 노이에 취리히 **차이퉁**을 사려면 팔십 킬로미터 떨어진 잘츠부르크까지 가야 한다고 알고 있었다. 그래서 한 여자친구의 자동차를 타고 그녀와 파울과 함께 노이에 취리히 **차이퉁**을 사기 위해서 **세계적**으로 유명한 음악축제의 도시 잘츠부르크로 차를 몰았다. 그런데 잘츠부르크에서 나는 노이에 취리히 **차이퉁**을 구하지 못했다. 그렇지만 바트 라이헨할에서는 노이에 취리히 **차이퉁**을 살 수 있겠다 싶어서 우리는 다시 세계적으로 유명한 휴양도시인 바트 라이헨할로 갔다. 하지만 바트 라이헨할에서도 우리는 노이에 취리히 **차이퉁**을 구하지 못했다. 그리하여 각각 정도의 차이는 있지만 상심한 마음으로 우리 셋은 나탈로 되돌아왔다. 우리가 나탈에 거의 도착했을 무렵, 갑자기 파울이 불현듯 말하기를, 세계적으로 유명한 또 다른 휴양도시인 바트 할로 가면 된다는 것이다. 거기 가면 노이에 취리히 차이퉁을 구할 수 있고, 따라서 모차르트의 차이데에 관한 글도 읽을 수 있다고 장담했다. 그리하여 우리는 또다시 나탈에서 바트 할까지 팔십 킬로미터를 달려갔다. 그러나 바트 할에서도 우리는 노이에 취리히 차이퉁을 구하지 못했다. 그런데 바트 할에서 고작 이십 킬로미터밖에 안 떨어진 곳에 슈타이어가 있으므로, 우리는 내친김에 슈타이어로 향했다. 하지만 슈타이어에서도 우리는 노이에 취리히 차이퉁을 구하지 못했다. 이번에는 혹시나 하는 마음에 벨스까지 가 보았지만, 벨스에서도 우리는 노이에 취리히 차이퉁을 구하지 못했다. 우리는 오직 노이에 취리히 차이퉁을 구하기 위하여 삼백오십 킬로미터를 달렸는데, 결국 구하지 못했다. 녹초가 되어 버린 우리는 뭔가를 좀 먹고 쉬기도 할 겸 벨스의 한 식당으로 들어갔다. 노이에 취리히 차이퉁을 구하려고 사방으로 돌아다닌 덕분에 우리의 육체적 에너지가 바닥이 나 버린 탓이다. 지금 돌이켜 생각해 보면, 노이에 취리히 차이퉁과 관련한 그 에피소드가 파울과 나 사이의 상당한 유사점을 잘 말해 주는 듯하다. 만약 그때 기력이 완전히 바닥나지 않았더라면 우리는 분명 계속해서 린츠와 파사우로, 어쩌면 레겐스부르크와 뮌헨까지 갔을지도 모른다. 그리고 심지어, 마침내는 취리히까지 가서 노이에 취리히 차이퉁을 샀다 할지라도 우리에게는 아무런 문제가 아니었으리라. 어쨌든 취리히에 가면 노이에 취리히 차이퉁을 확실히 구할 수 있었을 테니 말이다. 그날 하루 종일 여러 장소를 돌아다니고도 노이에 취리히 차이퉁을 살 수 없었던 것은 여름철에는 노이에 취리히 차이퉁을 갖다 놓지 않기 때문이었다. 그런 이유로 나는 우리가 갔던 장소들을 모두 허접한 똥통이라고 지칭할 수 있다. 그런 곳은 그런 이름으로 불려 마땅하다. 더 심하고 고약한 이름으로 부르지 않는다면 말이다. 그 일로 나는 깨달은 바가 있었다. 정신이란 걸 가진 인간이라면 노이에 취리히 차이퉁을 구할 수 없는 장소에서 살아서는 안 된다고 말이다. 노이에 취리히 차이퉁을 스페인에서, 포르투갈에서, 그리고 허름한 호텔 하나밖에 없는 모로코의 작은 마을에서조차 일 년 내내 언제든지 살 수 있다는 것을 생각해 보라. 그런데 이 나라에서는 그게 안 되는 것이다! 그토록 많은, 그토록 유명하다고 하는 도시들에서 노이에 취리히 차이퉁을 살 수 없었다는 사실, 심지어 잘츠부르크에서조차 불가능했다는 사실에 우리는 분노했고, 지루하고 낙후된 나라, 촌스러운 주제에 역겨운 과대망상이 하늘을 찌르는 이 나라가 참으로 지긋지긋했다. 우리는 앞으로 최소한 노이에 취리히 차이퉁을 살 수 있는 곳에서만 살도록 하자, 하고 내가 말했고 파울도 전적으로 동감이었다. 그렇다면 오스트리아에서는 빈밖에는 살 곳이 없는 거네, 하고 그가 말했다. 노이에 취리히 차이퉁을 살 수 있는 것처럼 알려진 다른 모든 도시에서 사실상 노이에 취리히 차이퉁을 구할 수가 없으니까 말이다. 적어도 매일 구할 수가 없는 것이니까. 그것은 곧,

정말로 읽기를 원할 때, 반드시 필요한 순간에 살 수 없다는 말이나 마찬가지다. 이것을 쓰다 보니 생각이 났는데, 나는 오늘까지도 그날 신문에 실린 차이데에 관한 글을 읽지 못했다. 그동안 차이데에 관한 글 따위는 까맣게 잊어버렸으며, 그것을 읽지 않았다고 하여 목숨이 끊어지는 건 아니다. 하지만 그 순간만큼은 나는 그걸 꼭 읽어야만 한다고 믿었다. 그리고 파울은 그 글을 향한 내 집념을 응원해주었다. 아니 그 이상으로, 실제로 내가 그 글을, 즉 노이에 취리히 차이퉁을 찾아 오스트리아의 반을 헤매고 다니도록 만들었고 나중에는 바이에른까지 가라고 부추기기도 했다. 그것도 지붕 없는 차를 타고 말이다. 덕분에 우리 셋은 몇 주일 동안이나 감기에 시달려야만 했고 특히 파울은 가장 오랫동안 침대에 누워 있는 신세가 되었다. 나는 그와 함께 몇 시간이고 트라운 강변을 산책했다. 내 집에서 이 킬로미터 떨어진 슈타이러밀 위쪽 콜베어에서 시작되는 트라운 강변은 아직은 공원으로 남아 있긴 하지만, 이곳 땅주인이 그악스럽게 탐욕을 부려 벌써 토지를 여러 조각으로 쪼개서 팔아 치웠으므로 심삼 킬로미터 떨어진 트라운 호수로 이어지는 이 강변은 얼마 지나지 않아 지금의 독특한 풍광을 잃어버릴지도 모른다. 우리의 산책은 그 유명한 리츠 씨가 전 세계에 현존하는 모든 송어 서식처 중에서 가장 최초의 것으로 밝혀 낸 송어 서식처를 따라 이어졌다. 길은 절반쯤 그늘이 져서 쾌적했고 강물로부터 올라오는 공기는 차갑고 신선했다. 그날 우리는 다시 예전과 같은 그런 대화를 나눌 수 있었다. 그동안 그의 관심사가 변했으므로 당연히 이번에는 과거에 그가 열광하던 대작 오페라들이 아니라 실내악이 주된 화제였다. 그는 내적인 변화를 겪으면서 규모가 큰 오페라 작품과 자연스럽게 거리를 두게 되었다. 이제는 더 이상 샬리아핀과 곱비, 디 스테파노와 시미오나토 등에 대해서 말하지 않았다. 대신 티보와 카잘스, 그리고 그들의 예술에 대해서 이야기했다. 줄리어드 사중주단과 아마데우스 사중주단, 그가 사랑하는 트리오 디 트리스테에 대해서 이야기했다. 아르투로 베네데티 미켈란젤리가 어떤 점에서 폴리니와 대조적인지, 루빈슈타인은 또 어떻게 아라우나 호로비츠 등과 다른지를 이야기했다. 이미 알고 있듯이, 그는 죽음을 예약해 둔 상태였다. 나는 그를 십 년 이상 알고 지냈는데 그 시기에도 그는 항상 중환자였으며 늘 죽음을 예약해 둔 상태였다. 앞서 말했듯이 우리는 빌헬미네 산 병원의 벤치에서 우리의 우정을 말없이 영원으로 봉인했다. 그가 그로테스크해, 참으로 그로테스크해! 하는 감탄사만을 내뱉었던 바로 그 벤치에서 말이다. 지금 와서는 그가 십삼 년이나 십사 년 전에, 미국의 소프라노 가수였으며 전 세계의 거의 모든 유명 오페라 극장에서 밤의 여왕과 체르비네타 역할을 맡았던 애인을 따라 말 그대로 지구를 한 바퀴 돌며 여행을 다녔다는 사실을 상상하기란 불가능했다. 그러다 마침내는 그녀를 놓아줄 수밖에 없었고, 그 이후에도 밤마다 그녀를 꿈꾸며 괴로워한 남자라는 사실을 믿기 어려웠다. 그리 오래되지도 않은 과거에 그가 유럽의 유명한 자동차 경주 대회만 골라서 찾아다녔고 직접 자동차 경주 선수로 활동하기도 했다는 사실을 상상할 수 없었다. 그가 한때 가장 뛰어난 요트 선수였다는 사실은 거짓말처럼 들렸다. 그가 몇십 년 동안이나 밤 늦게까지 유럽 최고 바에서 술을 마시느라 새벽 서너 시 이전에는 결코 잠자리에 들지 않았다는 것은 상상하기 힘들었다. 그리고 비트겐슈타인 집안의 규정으로는 절대 있을 수 없는 일, 그가 한때 댄스홀에서 춤추는 남자였다는 사실을 정말이지 믿을 수가 없었다. 그가 한때 전 유럽, 구 유럽뿐 아니라 신 유럽의 모든 최고급 호텔까지도 최고 신사의 신분으로 들락거렸던 사람이라는 것도 좀처럼 믿을 수가 없었다. 그리고 또한 수십 년 동안 빈 오페라 극장에서 환호성을 지르거나 휘파람을 불어댐으로써 오페라 공연을 절정으로 끌어올리기도 하고 나락으로 떨어뜨리기도 했던, 바로 그 당사자라는 것도 전혀 믿어지지가 않았다. 생애 최후의 슬픈 몇 년 동안, 그가 과거에 실제로 살아왔고 체험했던 일들이 전혀 믿을 수 없는 허구로 변해 가는 듯했다. 석양 무렵 저물어 가는 해를 바라보며 우리는 함께 나탈의 집 담장에 기대 앉아 있었다. 그는 자신이 몇 번이나 파리에 갔는지, 몇 번이나 런던과 로마에 갔는지, 샴페인을 몇천 병이나 비웠는지, 여자들을 몇 명이나 유혹했는지, 읽은 책은 도합 몇 권이나 되는지를 헤아려 보곤 했다. 피상적으로밖에는 보이지 않는 그런 삶의 총체를 살아 낸 것은 그 어떤 점에서도 피상적이지 않으며 완전히 그 반대인 한 인간이었다. 그는 어떤 논점에 대해서 토론하거나 사색할 때 조금도 어려움을 느끼지 않았다. 어렵기는커녕 그 반대였다.

본래 내가 잘 알고 있으며 내 전문 분야라고 스스로 믿고 있는 주제에 대해서 우리가 논쟁을 벌일 때조차 내 말문이 막히게 하는 당사자는 언제나 그였다. 그는 종종 내 생각보다 더 나은 아이디어를 던져 주곤 했다. 그래서 나는 진짜 철학자는 내가 아니라 바로 그라고 생각해 왔다. 진짜 수학자는 내가 아니라 바로 그이며, 전문가라고 할 만한 사람도 내가 아니라 바로 그였다. 그가 열정을 쏟는 대상이자, 화제가 무엇이든 그 자리에서 즉시 대화를 이끌 수 있는 풍부한 지식을 갖추었고, 언제든 흥미로운 논쟁의 단초와 토양을 제공할 수 있는 음악 분야를 제외하더라도 말이다. 그는 여기에 더하여 인문과학과 예술 분야를 환상적으로 결합시킬 수 있는 참으로 뛰어난 조화의 천재였다. 게다가 그는 전혀 말이 많지 않았다. 수다쟁이와 다변가들만 득실거리는 듯한 세계에 살면서도 전혀 수다스럽지가 않았던 것이다. 어느 날 나는 그에게, 아마도 그가 들려주는 비범한 삶의 이야기와 그 아래 깔린 풍부한 철학적 바탕에 깊은 감명을 받은 나머지, 그것을 글로 한 번 옮겨 보는 것이 어떠냐고 제안한 적이 있었다. 세월이 흘러 그냥 사라지도록 내버려 두기에는 아까우니 말이다. 하지만 그가 실제로 내 제안을 받아들여 누구에게나 흥미 있을 그의 삶과 경험을 글로 쓰기 시작한 것은 이후 몇 년이나 지난 다음의 일이다. 그러려면 우선은 종이를 한 다발 사야 하니까, 하고 그는 말했다. 그런 다음 그를 둘러싸고 있는 환경으로부터, 즉 예술과 정신을 경멸하는 우둔한 친척들의 손아귀에서 멀리 벗어나고 또한 마찬가지로 예술과 정신활동에는 전혀 어울리지 않게 지어진 비트겐슈타인 집안의 저택을 벗어나서, 아무도 그를 찾아낼 수 없는 곳에 오직 글을 쓰기 위한 목적으로 방을 한 칸 빌려야 한다고 말했다. 그래서 그는 트라운키르헨 외곽의 작은 여관에 방을 하나 구했다. 하지만 일을 시작하나 싶더니 바로 그만두고 말았다. 그러다가 죽기 일 년 반쯤 전에, 난데없이 여비서를 한 명 고용하더니 자신의 기이한 삶에 대해서 그녀에게 구술을 시작한 것이다. 그러나 그가 삶의 막바지에 경제적으로 극심하게 어렵기도 했던 탓에 이 시도는 별 성과 없이 그대로 끝나고 말았다. 내가 그의 비서와 파울 자신으로부터 직접 들은 바에 의하면, 그는 자신의 기이한 삶에 관한 구술을 받아 적어 주기만 한다면 비서에게 **재산을 크게 한몫** 떼어 주겠다고 약속했다. 파울은 자신의 **고루한 회고록**이 전 세계적으로 엄청난 성공을 거둘 것이라고 굳게 믿었기 때문이다. 어쨌든 그는 열에서 열다섯 페이지 정도는 글을 진행했다. 그가 말한 대로 세계적인 성공을 거둘 것이라는 믿음은 어쩌면 완전히 틀린 것은 아닐지도 몰랐다. 그 책은 그야말로 진정 **전무후무한** 내용이었고, 그러므로 정말로 큰 성공을 거둘 수도 있었기 때문이다. 하지만 그는 책을 쓰겠다고 작정하고 최소 꼬박 일 년 동안 홀로 틀어박혀 있을 인물은 아니었다. 그가 글을 더 많이 쓰지 못한 것은 참으로 안타까운 일이다. 비트겐슈타인 집안 사람들은 일단 사업과 관련되면 무조건 모든 숫자를 백만 단위로만 계산했다. 그러니 그들 집안의 미운 오리 새끼인 파울이지만 자신의 구술이 책으로 출간되었을 때 최소 백만 단위로 팔릴 거라고 예상한 것은 당연하다. 대략 삼백 페이지 정도 쓸 생각이야, 하고 그는 말했다. 출판사를 찾는 것도 어렵진 않을 거야. 그는 내가 자기 원고를 좋은 출판사에 소개해 줄 것으로 믿었다. 그의 책은 처음부터 끝까지 철저하게 철학적인 사색 위에서 펼쳐지는 삶의 이야기가 될 터였고, 그의 표현대로라면 헛소리의 향연과는 거리가 먼 것이었다. 정말로 나는 그가 글이 적힌 원고 뭉치를 들고 다니는 모습을 여러 번이나 보았다. 그러니 실제로는 내가 아는 것보다 더 많은 분량을 썼을 가능성도 있고, 수없이 많은 발작 도중에 극도로 비관적인 정신 상태가 되어 자신의 원고 대부분을 없애 버렸을 가능성도 있다. 내가 알고 있는 그의 성격으로 보자면 그런 추측이 가장 자연스럽다. 혹은 그가 쓴 원고가 다른 방식으로, 이미 말했듯이 예술과 철학을 증오하는 친척들의 손에 의해 분실되거나 은닉되었을 가능성도 있다. 원고를 쓴다고 빈과 트라운 호숫가를 최소 이 년 동안이나 이리저리 왔다 갔다 했는데, 그동안 계속해서 열 내지 열한 페이지 정도 되는 똑같은 내용만 붙잡고 있었다는 것은 좀 믿기 어렵기 때문이다. 하지만 이제 와서 누가 진실을 밝힐 것인가? 건강 상태가 다시금 괜찮아질 때면 그는 친구들이 모인 자리에서, 자신은 사실 나보다 더욱 뛰어난 작가라고 말하곤 했다. 그는 작가로서 나에 대해 경탄하고는 있지만, 그래도 나는 자기에 이를 만큼 뛰어나지는 못하다는 것이다. 그리고 비록 내가 자신에게 문학적, 철학적으로 모범이기는 하지만 그 자신은 이미 나와 내 사상을 훌쩍 뛰어넘은 지가 오래되었고, 이미 **오래전**에 자립하여 나를 한참이나 앞서 가고 있다고 했다. 이제 자신의 책이 출간되어 나오면 문학계는 너무도 큰 놀라움에서 헤어나지 못할 것이라고도 했다. 궁극적으로 그는 죽기 얼마 전에, 무엇인가를 써야 한다는 극단적 절박함 속에서 산문보다는 분명 더 간단할 것이란 판단으로 몇 편의 시를 그야말로 슥슥 쉽사리 운율을 맞추어 썼는데, 이 시들이 지닌 광기와 위트는 웃음을 터트리기에 충분한 수준이었다. 그는 **자신의 단골** 정신병원으로 다시 실려 갈 시간이 임박해 오면, 그 괴상한 시들 중에서 가장 긴 것을 듣는 사람이 누구건 상관없이 읽어 주곤 했다. 그렇게 그가 시를 낭독한 녹음 테이프가 하나 남아 있다. 그와 괴테의 파우스트가 중심인물이 되어 등장하는 시인데, 그 낭독을 듣는 사람은 재미있어서 웃음을 터트리는 동시에, 참으로 깊은 충격에 빠지게 된다. 여기서 나는 파울과 관련된 일화들을 흥미진진하게 소개할 수도 있다. 그가 속한 빈의 이른바 **상류** 사회는 수백 년 전부터 오직 그런 일화들을 먹고 사는데, 그 안에서 회자되는 그와 관련한 유명한 일화는 수백 개 정도가 아니라 가히 수천 개에 이른다. 하지만 그런 이야기를 늘어놓는 것이 내 목적은 아니다. 그는 몹시 불안해했고 만성적인 신경과민에 툭하면 자제력을 잃어 버리곤 했다. 그는 항상 골똘한 생각에 잠겨 있었고 끊임없이 철학적인 사색을 했고 끊임없이 남의 잘못을 비난하고 있었다. 그는 놀라우리만치 능숙한 관찰자였고 시간이 지나면서 거의 예술의 경지로 올라선 그의 관찰력은 가차 없이 냉혹했으므로 타인을 비난할 이유쯤은 항상 찾아낼 수가 있었다. 그가 비난할 수 없는 대상은 없었다. 그의 눈에 들어온 사람 중에서 거의 즉각적이라고 할 수 있는 그의 비난을 피한 이는 아무도 없었다. 그들은 당장 어떤 혐의를 뒤집어썼으며, 범죄를 저질렀다거나 아니면 최소한 뭔가를 위반했다는 비난을 받았다. 파울은 그들에게 사정없이 말의 채찍질을 퍼부었다. 그럴 때 파울의 입에서 나오는 사납고 매서운 언어는 내가 뭔가에 반항하거나 뭔가로부터 나를 방어할 때, 세상으로부터 불리한 대접을 받고 제거될 위기에 처했을 때 세상의 뻔뻔스러움을 공격하기 위해 사용하는 그런 말이었다. 여름이면 우리는 자허 호텔 커피하우스 테라스의 늘 앉는 자리에서 오직 욕하고 비난하는 일로 대부분의 시간을 보냈다. 무언가가 우리의 눈앞에 나타났다 하면 그 즉시 그것은 혹평의 대상이 되었다. 우리는 자허 호텔 커피하우스 테라스에서 몇 시간이고 지치는 법도 없이 다른 존재들을 헐뜯었다. 한 잔의 커피를 앞에 두고 앉아 온 세상을 비난했으며, 온 세상을 말로 속속들이 쑤셔대고 처절하게 난도질했다. 우리는 자허 호텔의 커피하우스 테라스에 앉는 즉시 손발이 착착 들어맞는 비난 메커니즘을 작동시켰다. 파울의 표현대로라면 오페라의 똥구멍을 마주한 채로. 자허 호텔 커피하우스 테라스에 앉아 똑바로 정면을 향하면 거기 오페라 극장 건물 뒤편이 보이기 때문이다. 그는 오페라의 똥구멍과 같은 표현을 만들어 내면서 기쁨을 느끼는 편이었다. 그 말이 결국 자신이 무엇보다 사랑하는 장소이며 수십 년 동안 그가 존재에 필요한 모든 것을 얻었던, 다름 아닌 링 가도에 있는 오페라하우스를 가리킨다는 것을 충분히 의식하면서 그 역설의 쾌감을 음미하는 것이다. 몇 시간이고 우리는 자허 호텔 커피하우스 테라스에 앉아 주변을 왔다 갔다 하는 사람들을 관찰했다. 한여름 자허 호텔 테라스에 앉아 지나다니는 사람들을 관찰하는 일은, 오늘날까지도 내가 (빈에서) 누릴 수 있는 최대의 즐거움이다. 사람들 관찰은 나에게 가장 즐거운 일인데, 자허 호텔에 앉아 사람들을 관찰하는 일은 특히 더욱 구미가 당긴다. 파울은 그 쾌락을 나와 흔쾌히 나누었다. 남작님과 나는 우리의 관찰 목적에 가장 적절한 각도를 제공하는 커피하우스 테라스의 자리를 이미 골라 놓았다. 거기 앉으면 우리가 보고자 하는 모든 대상을 관찰할 수 있었으며, 반대로 우리의 모습은 그들의 시야에서 가려졌다. 그와 함께 시내를 걷다 보면 그가 아는 사람이 참으로 많다는 사실에, 그리고 그 많은 아는 사람들의 상당수가 실제로 그와 인척 관계라는 사실에 깜짝 놀라곤 했다. 그는 가족에 관해서는 거의 얘기하지 않았다. 어쩌다 입에 올리게 되더라도 단지 자신은 가족들과 인연을 끊고 싶으며 가족들도 마찬가지로 생각한다는 그런 식의 말뿐이었다. 간혹 그는 유대인인 할머니 이야기를 했다. 할머니는 자살하려고 노이에 마르크트에 있는 집 창문에서 몸을 던졌다 한다. 그리고 그의 고모인 이르미나는 나치 시대에 소위 **제국여성농민지도자**였는데, 나는 트라운 호수 위편 언덕에 있는 그녀의 농가를 자주 방문했기 때문에 그녀를 알고 있었다. 그가 나의 형제들이라고 말할 때, 그것은 오직 **나를 고문하는 자**들이란 의미였다. 단지 잘츠부르크에 사는 누이동생에 대해서만은 애정을 담아서 이야기했다. 그는 항상 가족들로부터 위협받는다는 느낌, 홀로 내버려졌다는 느낌을 받았다. 그는 자신의 가족을 수백만이나 되는 엄청난 재산에 눌려 질식해 버린, 예술과 정신에 적대적인 인간들이라고 불렀다. 무엇보다도 결정적으로 그들은 루트비히와 파울을 낳은 집안이고, 또한 자신들에게 가장 유리한 순간에 루트비히와 파울을 몰아내 버린 집안이기도 하다. 나는 친구와 함께 나탈의 뜰 담장에 기대앉아, 칠십 년 이상 살아 온 그의 인생에 대해서 생각해 보았다. 생의 초반에는 소위 영화가 끝이 없다고 하던 오스트리아에서 태어나 인간으로서 누릴 수 있는 모든 부유함을 향유하며 훌륭한 보호 아래서 자랐고, 당연히 유명한 테레지아눔 고등학교를 다녔다. 하지만 그 이후에는 자의식이 이끄는 대로 가족들의 의사와 어긋나는 길을 스스로 닦아 나갔고, 비트겐슈타인 집안의 표면적 가치였던 것들, 즉 부유함과 풍족함, 그리고 안락한 삶을 버렸다. 정신적인 삶을 영위함으로써 자기구원을 이루기 위해서였다. 그는 수십 년 전 자신의 삼촌 루트비히가 그랬던 것처럼 가족에게서 떨어져 나왔으며, 그와 삼촌을 있을 수 있게 해 준 모든 것을 버렸고, 예전에 삼촌 루트비히가 그랬던 것처럼 가족들에게 **파렴치한** 인물로 낙인찍혔다. 루트비히는 파렴치한 철학자의 길로 나섰고, 파울은 파렴치한 미치광이의 길로 나섰다. 루트비히처럼 반드시 자신의 철학을 글로 써서 세상에 발표를 해야만 철학자라고 불리는 것은 아니다. 자신의 철학적인 사색을 하나도 발표하지 않았다 해도, 즉 그것을 글로 한 줄도 쓰지 않았고 따라서 단 한 권의 책도 출간하지 않았다 해도 그 역시 철학자인 것이다. 글을 발표한다는 것은 발표하지 않았으면 잘 드러나지 않고 이목도 끌지 못할 것을 분명하게 부각시켜 세상의 관심을 집중시키는 절차일 뿐이다. 루트비히는 (자신의 철학을) 출간한 자이고, 파울은 (자신의 철학을) 출간하지 않은 자이다. 루트비히가 종국에는 (자신의 철학을) 출간할 사람으로 태어났듯이 파울은 (자신의 철학을) 출간하지 않을 사람으로 태어난 것이다. 하지만 두 사람 모두는 자신의 시대뿐 아니라 모든 시대가 자랑스러워할 만한, 각자 자신의 방식으로 위대하면서도 언제나 선동적이며 고집스럽고 전복적인 사상가였다. 파울이 루트비히처럼 실제로 자신의 철학을 글과 책으로 증명해 두지 않은 것은 참으로 유감이다. 그의 삼촌 루트비히가 철학을 했다는 증거물은 우리의 손에 들려 있고 머릿속에 간직되어 있는데 말이다. 지금 와서 루트비히와 파울을 비교하는 일은 무의미하다. 파울과 나는 루트비히의 철학은 물론이고 루트비히에 관해서 이야기 자체를 한 적이 한 번도 없다. 단지 몇 번인가, 나로서는 매우 느닷없는 상황에서 파울이 불쑥 이런 말을 꺼냈을 뿐이다. 자네도 우리 삼촌 루트비히를 알 거야. 그게 전부였다. 단 한 번도 우리는 논고에 대해 이야기한 적이 없었다. 딱 한 번, 파울이 이런 말을 하기는 했다. 그의 삼촌 루트비히는 가족 중에서 가장 심각한 미치광이였다고. 억만장자가 시골 학교에서 선생으로 일하다니, 그게 도착증이 아니고 뭐겠어? 하고 파울은 말했다. 나는 오늘날까지도 파울과 그의 삼촌 루트비히의 사이가 실제로는 어떠했는지 알지 못한다. 그에게 군이 물어본 적도 없다. 심지어 그 둘이 생전에 서로 만난 적이나 있는지 모르겠다. 내가 아는 것은 단지, 파울은 삼촌인 루트비히가 비트겐슈타인 가족들의 공격을 받을 때, 그리고 철학자 루트비히 비트겐슈타인으로서 평생 비트겐슈타인 집안의 수치 덩어리였던 삼촌이 친척들 사이에서 조롱거리가 될 때 적극 나서서 그를 옹호했다는 것이다. 루트비히 비트겐슈타인은 파울 비트겐슈타인과 마찬가지로 그들에게는 바보천치일 뿐이었다. 그런 바보천치를, 괴상한 소리만 들으면 대단한 것인 줄 알고 귀가 솔깃해지는 외국인들이 유명하게 만들어 버렸다는 것이다. 그들은 머리를 설레설레 흔들면서, 이 집안의 천치 한 명에게 전 세계가 홀라당 속아 넘어갔어, 아무짝에도 쓸모없는 인간이 어느 날 난데없이 영국에서 유명해지더니 위대한 사상가로 돌변해 버리는군, 하고 웃기는 현상으로 치부해 버렸다. 비트겐슈타인 집안 사람들은 지극히 교만했으므로 자기 가문의 철학자를 무시할 뿐 눈곱만한 존경심도 갖지 않았다. 존경심은커녕 오늘날까지도 경멸이라는 벌을 내리고 있는 것이다. 그들의 눈에는 파울과 마찬가지로 루트비히도 오직 배신자일 뿐이었다. 그들은 파울에게 했던 것과 마찬가지로 루트비히도 집안에서 잘라내 버렸다. 그들은 파울이 살아 있는 내내 파울의 존재를 수치스러워했듯이, 오늘날까지도 루트비히의 존재를 수치스러워하고 있다. 이것이 진실이다. 그 사이 루트비히는 상당한 명성을 얻게 되었지만, 철학자를 경멸하는 그들의 습관은 조금도 수그러들지 않았다. 루트비히 비트겐슈타인이란 이름이 아직까지도 거의 아무런 의미도 없으며 그 이름을 아는 사람조차도 찾아보기 힘든 이 나라에서는 어쩌면 당연한 일일 수도 있다. 빈 사람들은, 이것이 진실인데, 오늘날까지도 지그문트 프로이트조차 인정을 안 한다. 인정은커녕 그에 대해서 제대로 아는 것도 없다. 그것이 사실이다. 그들의 속마음이 음험하고 꼬였기 때문이다. 비트겐슈타인 집안 사람들도 예외는 아니다. 우리 루트비히 삼촌, 이것은 파울이 루트비히 비트겐슈타인을 지칭할 때 가장 존경심을 담았던 표현이다. 하지만 이보다 더 이상의 것을 말할 엄두는 한 번도 내지 못했다. 루트비히와 마찬가지로 집안에서 낙인이 찍힌 그는, 차라리 아무 말도 안 하는 편을 택한 것이다. 영국에서 유명해진 그의 삼촌과의 관계에 대해서 나는 끝내 한마디도 듣지 못했다. 파울과 나의 우정은 블루멘슈톡가세에 있던 우리의 친구 이리나의 집에서 처음 시작되었는데, 당연하게도 계속 유지하기가 참으로 어려운 그런 관계였다. 매일매일 새로이 갱신하지 않으면 도저히 지속되기 힘든 관계, 게다가 시간이 흐르면서 단순히 힘든 정도가 아니라 존재할 수 있는 우정 중에서 가장 힘든 관계라는 사실이 드러났다. 우리의 관계는 좋았던 시기와 저조한 시기, 그리고 우정의 증명을 거치면서 유지되었다. 예를 들자면 내가 그릴파르처 상을 받던 날 파울이 어떤 역할을 했는지가 갑자기 생각난다. 그날 그는, 내 인생의 사람과 더불어 말도 안 되는 시상식의 총체적 헛소동을 모두 목격했으며, 그로테스크한 그것에 **진짜배기 오스트리아식 음험함**이라는 명칭을 붙인 장본인이다. 참으로 탁월하게 들어맞는 표현이었다. 그날 학술원에서 열리는 시상식에서 입으려고 새 정장을 한 벌 샀던 것이 기억난다. 학술원에 등장할 때는 새 정장을 입어야 할 것 같았기 때문이다. 그래서 내 인생의 사람과 함께 콜마르크트의 의상점으로 가서 적당한 신사복 한 벌을 골라 입어 본 후, 바로 구입을 하고 그대로 입고 나왔다. 새 정장은 진회색이었다. 나는 새 진회색 정장이 예전 옷보다는 학술원에서 내가 하는 역할을 더 수월하게 해 줄 것으로 믿었다. 나는 시상식 날 아침까지만 해도 시상식을 하나의 사건으로 생각했던 것이다. 그날은 그릴파르처 사망 백 주기였고, 바로 그릴파르처의 사망 백 주기에 그릴파르처 상을 수상하게 되었으니 얼마나 특별한 일인가. 지금까지는 나를 발로 짓밟기만 하던 내 동포 오스트리아인들이, 이제는 심지어 나에게 그릴파르처 상을 준다고 하니 나는 내가 정말로 정상에 오른 것이라는 생각까지 들었다. 아마 그날 아침만 해도 나는 손이 다 떨릴 지경이었고 머리는 뜨거웠을 것이다. 지금까지 나를 철저히 무시하거나 비웃기만 하던 오스트리아인들이 갑자기 나에게 최고의 상을 수여한다니 이제 그간의 감정은 다 해소되는 것이라고 나는 믿었다. 약간은 자랑스러운 기분도 느끼며 의상점을 나와 콜마르크트를 건너 학술원으로 향했다. 나는 일생 동안 단 한 번도 그 순간처럼 고조된 기분으로 콜마르크트를 건너간 적이 없었다. 나는 그라벤 거리와 구텐베르크 기

95

넘비를 지나갔다. 분명 나는 고조된 기분이었다. 하지만 새 정장이 편했다고는 결코 말할 수 없다. 낯선 사람들이 감시하듯 지켜보는 가운데서 옷을 사는 것은 실수인데, 나는 그런 실수를 또다시 저지르고 말았다. 새 정장은 내 몸에 지나치게 꼭 끼었다. 그래도 이 옷을 입고 있으면 멋져 보이기는 하겠지, 하고 생각하면서 나는 내 인생의 사람과 파울과 함께 학술원 앞에 도착했다. 시상식이란, 상이 주는 돈만 아니라면 이 세상에서 가장 견디기 힘든 고역이다. 독일에서 이미 경험을 해 보았기에 잘 알고 있다. 첫 번째 상을 타기 이전에 내가 예상했던 것과는 반대로, 상이란 상을 타는 당사자를 칭송하는 것이 아니라 굴욕을 준다. 그것도 가장 모욕적인 방식으로. 부상으로 따라오는 상금을 생각했기 때문에 나는 그런 수모를 건뎌 냈다. 오직 돈이라는 하나의 이유 때문에 나는 낡은 시청 건물로, 시상식장인 보기 흉한 강당 안으로 들어섰던 것이다. 마흔 살이 될 때까지. 나는 상의 굴욕에 나를 맡겼다. 마흔 살이 될 때까지. 이런 시청과 강당 안에서 남들이 내게 똥물을 뿌리도록 놓아두었다. 상이란 한 사람에게 똥물을 뿌리는 행위 이상은 아무것도 아니기 때문이다. 상을 받는다는 것은 남들이 내 머리 위에 똥물을 뿌리도록 허용한다는 뜻이다. 그렇게 하면 상금이 지불되니까. 나는 항상 상을 내가 상상할 수 있는 최대의 굴욕으로만 여겨 왔지 한 번도 칭송으로 받아들인 적은 없다. 상이란 누군가에게 똥물을 뿌리고 싶어 안달하는 인간들, 상을 넙죽 받는 누군가에게 실컷 똥물을 한 번 뿌려 보겠다고 작정한 무지렁이들이 수여하는 것이기 때문이다. 그들은 완벽하고도 합당한 권리를 가지고, 그 사람의 머리 위에 마음껏 똥물을 뿌린다. 그런 줄 알면서도 상을 받겠다고 나올 정도라면 참으로 저열하고 비천한 인종일테니 말이다. 사람은 단지 극도로 곤란한 상황일 때, 생계뿐 아니라 생존 자체가 위협받을 때, 그리고 오직 마흔 살까지만, 상금이 딸린 상을, 어쨌든 상 자체를 받을 자격이 있다. 그런데 나는 극도로 곤란한 상황도 아니고 생계나 생존이 위협받는 상황도 아니면서 상을 받았으므로 스스로를 저열하고 비천한 존재로, 더욱 진실을 말하자면 악취 나는 존재로 만들었다. 하지만 그릴파르처 시상식에 가는 동안 나는 이번만은 좀 다를 것이라고 생각했다. 그 상은 상금이 한 푼도 없었기 때문이다. 학술원은 특별한 곳이며, 따라서 그들이 주는 상도 특별하다고, 나는 학술원을 향해 걸어가면서 생각했다. 우리 세 사람, 나와 내 인생의 사람, 그리고 파울이 마침내 학술원에 도착했을 때, 나는 또 이런 생각도 했다. 이 상은 다름 아닌 바로 그릴파르처 상인데다가 학술원이 수여하는 것이므로 당연히 예외가 될 것이라고. 그리고 학술원 건물을 향해서 길을 건너가면서는, 어쩌면 그들이 학술원 건물 앞으로 나를 마중 나와 있을지도 모른다고 생각했다. 그것이 수상자에게 보여 줄 지극히 합당한 존중의 표시라고 생각했으므로. 그러나 나를 마중 나온 사람은 단 하나도 없었다. 우리 일행은 학술원 로비에서 십오 분 이상이나 기다리고 있었는데, 그동안 우리를 마중 나온 사람은커녕 알아보는 사람조차 없었다. 오늘의 행사를 보기 위해 몰려온 사람들은 시상식장 안으로 끊임없이 밀려들면서 이미 자리를 잡고 있는데, 밖에 서서 연신 여기저기 두리번거리고 있는 나에게 그 누구도 알은척을 하지 않았다. 그래서 나는, 그럼 우리도 다른 사람들처럼 그냥 안으로 들어가 아무 데나 자리를 잡고 앉아야겠다고 생각했다. 식장 안은 객석 중앙의 몇 자리만을 제외하고는 거의 빈자리가 없었으므로 중앙의 자리로 들어가서 앉으면 되겠다는 생각에 우리 일행은 그리로 가서 앉았다. 우리가 자리를 잡고 나니 식장은 완전히 사람들로 가득 차 버렸고, 심지어는 여성 장관까지도 연단 바로 아래인 첫째 줄에 이미 앉아 있는 것이 보였다. 필하모닉 오케스트라도 벌써 초조한 분위기로 악기를 조율하고 있었고, 학술원의 원장인 홍어 씨도 흥분한 기색으로 연단 앞을 왔다 갔다 서성이는 중이었다. 나와 내 일행을 제외하고는 그 누구도 왜 행사의 시작이 지연되는지 모르는 눈치였다. 학술원 회원 몇몇이 서둘러 연단 위를 이리저리 내달리면서 행사의 주인공을 찾고 있었고 심지어는 여성 장관까지도 고개를 뒤로 돌려 시상식장 곳곳을 둘러보았다. 갑자기 학술원 회원 한 명이 연단 위에서 객석 한가운데 앉은 나를 발견했다. 그는 홍어 원장에게 귓속말로 뭔가를 전한 다음, 연단을 내려와 나를 향해 걸어왔다. 사람들로 가득 찬 객석을 헤치고 식장 정중앙의 내가 있는 자리까지 오기란 결코 쉬운 일이 아니었다. 그 줄에 앉아 있는 사람들은 할 수 없이 모두 자리에서 일어서야만 했기 때문에 기분 나쁜 눈길로 나를 쏘아보았다. 당연히 학술원 회원일 그가 나에게 다가오려고 엄청난 수고를 하는 모습을 보자 그제서야 나는 객석 한가운데 자리를 잡기로 한 내 생각이 애초에 참으로 음험했음을 깨달았다. 그때 당장의 느낌으로는 이 자리에서 나를 알아본 것은 그 회원 한 명 뿐인 것 같았다. 그러나 이제 그가 나에게 다가왔으므로 모든 사람들의 시선이 내게로 쏠렸다. 하지만 어떤 시선인가 하면, 마치 벌을 주는 듯이 쏘아보는 시선이었다. 나에게 상을 주면서도 내가 누구인지 전혀 모르는 학술원, 내가 먼저 나서서 자기들에게 신고하지 않았다고 쏘아보는 시선으로 나를 벌주는 그런 학술원이라면 내가 객석 정중앙에 자리 잡는 것보다 더욱 음험한 짓을 벌였다 해도 비난할 자격은 없다고 나는 생각했다. 마침내 내게 다가온 그 회원이 내 자리는 지금 앉아 있는 여기가 아니라 첫 번째 줄 여성 장관의 옆자리임을 가르쳐 주면서, 지금 당장 첫 번째 줄로 자리를 옮겨서 여성 장관 옆에 앉으라고 말했다. 나는 그의 말에 따르지 않았다. 나에게 자리를 옮기라고 요구하는 그의 말투가 불쾌할 정도로 오만한데다가, 마치 명령하듯이 거드름을 피우는 태도가 참을 수 없이 거슬렸던 것이다. 그래서 나는 자존심을 지키기 위해, 내 자리에서 일어나 그를 따라 연단 앞으로 가는 것을 거부할 수밖에 없었다. 훙어 원장이 직접 오라고 하세요, 하고 나는 말했다. 나를 연단으로 이끌어 내려면 다른 누구도 아닌 바로 학술원의 훙어 원장 자신이 와야 한다고. 사실 그때 내 솔직한 심정은 당장 자리에서 일어서서, 상이고 뭐고 다 포기하고 일행들과 함께 학술원을 나가 버리고 싶을 뿐이었다. 하지만 나는 자리에 그냥 앉아 있었다. 나는 나 스스로를 그렇게 새장 안에 가둔 것이다. 학술원이 새장처럼 나를 가두어 버리도록 나 스스로가 그렇게 만든 것이다. 이제는 피할 방법이 없었다. 결국 학술원장이 나에게로 왔고, 나는 학술원장과 함께 연단 앞으로 나가 여성 장관의 옆자리에 앉았다. 내가 여성 장관의 옆자리에 앉는 바로 그 순간, 내 친구 파울은 도저히 참지 못하고 시상식장이 떠나갈 정도로 크게 폭소를 터트렸다. 그의 웃음소리는 필하모닉 실내악단이 연주를 시작할 때까지 계속 이어졌다. 그릴파르처를 추모하는 몇몇 연설이 있었고, 나에 대해서도 몇 마디 소개가 이어졌다. 그래도 이 모두가 다 끝나기까지는 한 시간도 넘게 걸렸다. 즉, 다른 모든 행사에서와 마찬가지로 말이 너무 많았고, 다른 모든 행사에서와 마찬가지로 모두 말도 안 되는 소리뿐이었다. 연설이 이어지는 동안 여성 장관은 아예 잠을 잤고, 나는 그녀가 코 고는 소리를 분명히 들었다. 필하모닉 실내악단이 다시 연주를 시작하고 나서야 그녀는 잠에서 깨었다. 시상식이 다 끝나자 연단 위에는 여성 장관과 홍어 원장 주변으로 더 이상 빈자리가 없을 때까지 빼곡히 사람들이 모여들었다. 나에게 신경 쓰는 이는 하나도 없었다. 일행과 함께 즉시 시장식장을 떠나지 않았기 때문에, 나는 여성 장관이 불쑥 내뱉은 다음과 같은 말을 듣고야 말았다. 그런데 그 시인인가 뭔가 하는 작자는 어디 있나요? 그 말은 내 인내심을 한계에 이르게 했다. 나는 최대한 빠른 걸음으로 학술원을 떠나 버렸다. 돈은 한 푼도 못 받으면서 **공짜로** 똥물만 뒤집어썼다는 사실이 미치도록 분했다. 나는 내 일행들을 잡아끌다시피 하면서 거리로 나왔다. 그 와중에도 파울은 계속해서 이렇게 말하고 있었다. 너는 저자들에게 이용당하기만 했어! 저자들이 너에게 똥물을 끼얹은 거라고! 그래 그게 사실이지, 하고 나는 생각했다. 저들이 내게 똥물을 끼얹었어. 늘상 나에게 해 오던 대로 역시 오늘도 변함없이 똥물을 끼얹은 거야. 하지만 나 스스로가 그들이 그렇게 하도록 허용한 셈이지. 그것도 빈의 학술원에서. 나는 일행과 함께 자허 호텔로 가서 송아지고기 요리를 씹으면서 그날의 저주스런 시상식을 깡그리 소화시켜 버리기 전에, 우선 내가 새 정장을 샀던 콜마르크트의 의상점부터 들렀다. 새로 산 정장이 몸에 너무 끼므로 다른 양복으로 바꾸고 싶다고 말했다. 내 태도가 거의 뻔뻔할 정도로 당당했으므로, 점원들은 아무 말도 할 엄두를 내지 못한 채 즉시 나에게 새 정장을 고르도록 했다. 나는 내 손으로 직접 두세 벌의 정장을 옷걸이에서 벗겨 내어 입어 보고는 그중에서 가장 편한 옷으로 결정했다. 그 옷을 사면서 약간의 돈을 추가로 더 지불했다. 다시 거리로 나오면서, 이제 얼마 뒤면 내가 오늘 학술원의 그릴파르처 문학상 시상식에서 입었던 그 정장을 누군가가 입고 빈 시내를 활보할 거라는 생각을 하자 우스워 견딜 수가 없었다. 파울의 강한 개성을 충분히 증명해주는 일화는 그 밖에도 또 있다. (그릴파르처 상보다 훨씬 이전에) 국가가 주는 문학상이란 걸 받을 때의 일이다. 그것은, 신문에 난 기사의 표현대로라면 하나의 스캔들로 끝난 시상식이었다. 문화부의 강당에서 장관이 직접 내 수상을 축하하는

101

연설문을 읽었는데, 그 내용은 처음부터 끝까지 말도 안 되는 헛소리로 가득했다. 그의 부하인 문학 담당 공무원이 써 준 것을 장관은 읽어 내려가기만 한 것이다. 한 예로, 그는 내가 **남태평양**에 관한 소설을 한 권 썼다고 했는데 당연히 나는 그런 적이 없다. 나는 분명 오스트리아인인데도 장관은 연설문에서 내가 네덜란드 사람이라고 했다. 게다가 장관은 내가 **모험소설 전문** 작가라는 말까지 했는데 나는 모험소설에 대해서 아는 것이 하나도 없다. 장관은 연설 중에 한 번도 아니고 여러 번이나 내가 **오스트리아에 잠시 머무는 외국인**이라고 했다. 하지만 장관이 말도 안 되는 연설문을 줄줄 읽어 내려가는 동안 나는 전혀 화가 나지 않았다. 슈타이어마르크 출신의 그 멍청이가 어떤 인간인지 이미 잘 알고 있었기 때문이다. 장관이 되기 전에 그곳 그라츠에서 농업회의소 서기관이었으며, 그중에서도 축산 담당이던 자이니 오죽하겠는가. 장관의 얼굴에는, 모든 다른 장관들의 얼굴과 마찬가지로 아둔함이 넘쳐흘렀다. 물론 그것이 역겨운 것은 맞지만 그렇다고 화가 나지는 않았다. 그래서 장관이 나에 관해서 뭐라고 연설문에서 떠들든지 신경 쓰지 않고 내버려두었다. 그리고 나는 소위 수상이란 것에 대한 감사로, 시상식이 열리기 직전 짧은 시간 동안 내키지 않는 마음으로 할 수 없이 억지로 아주 급하게 서둘러서 쓴 원고를 읽으며 답례 연설을 했다. 다 합하여 삼 분 이상이 걸리지 않은 내 답례문에는 주제를 약간 벗어나는 철학적인 문구가 들어 있었는데, 정말이지 그 의미는 인간이란 오직 죽음밖에는 기대할 수 없는 비참한 존재라는 것, 그뿐이었다. 이 외의 다른 뜻은 결코 아니었다. 그런데 그 표현을 전혀 이해하지 못한 장관은 내 연설이 끝나자마자 화를 벌컥 내며 자리에서 튀어 일어나더니, 다짜고짜 내 면상을 향해 주먹을 휘두르는 것이었다. 뿐만 아니라 분노를 참지 못해 씨근덕거리며 거기 모인 모든 사람들 앞에서 나를 개 같은 놈이라고 부르고는 강당을 휙 나가 버렸다. 뿐만 아니라 그가 강당의 유리문을 너무도 요란하게 쾅 닫은 나머지, 그만 유리가 산산조각이 나 버리고 말았다. 강당에 모인 사람들은 깜짝 놀란 나머지 모두 자리에서 벌떡 일어선 채 밖으로 나가 버린 장관의 뒷모습만 멍하니 바라보았다. 잠시 동안, 강당 안에는 쥐 죽은 듯 침묵이 흘렀다. 그런 다음에, 참으로 기막힌 일이 벌어졌다. 거기 모인 모든 사람들이, 나로서는 기회주의자의 무리라고밖에 부를 수 없는 그들이, 전부 한꺼번에 장관의 뒤를 따라 달려 나간 것이다. 그전에 그들은 나를 향해 한마디씩 비난과 욕설을 퍼부었을 뿐 아니라, 주먹을 쥐어 보이기까지 했다. 나는 지금까지도 문화위원회 위원장이기도 한 헨츠 씨가 내 코 바로 앞에서 휘두르던 주먹을 기억한다. 그곳의 모든 사람이 나를 공격하면서 퍼부었던 축하인사를 기억한다. 수백 명이나 되는 참석자들, 나라에서 주는 돈을 받아먹으며 예술을 한다는 자들, 그중에서도 특히 작가들, 그러니까 바로 내 동료들, 그리고 그들과 동행한 자들이 모두 장관을 따라서 달려 나갔다. 장관이 깨부순 유리문을 통해서 나가 버린 이들의 이름을 여기서 밝히지는 않겠다. 그따위 하찮은 소동 때문에 법정에 서고 싶지는 않기 때문이다. 그러나 그들은, 마치 나와 내 인생의 사람이 나병환자라도 되는 양 우리를 강당에 홀로 남겨 둔 채 도망치듯이 장관을 따라 계단을 달려 내려갔던 그들은 이 땅에서 가장 유명하고, 가장 명망이 높고, 가장 존경받는 예술가들이었다. 아무도 나와 내 인생의 사람 곁에 남아 있지 않았다. 그들은 모두 자신들을 위해 차려 놓은 뷔페를 그냥 지나쳐, 강당 밖으로 달려 나가 장관의 뒤를 따라 계단을 내려갔다. 오직 한 사람, 파울만은 예외였다. 파울은 그날 나와 내 삶의 동반자, 즉 내 인생의 사람 곁에 머물렀던 유일한 이였다. 예상치 못한 사건에 충격을 받은 채로, 그리고 동시에 매우 재미있어 하면서 말이다. 시간이 조금 지나 이제 위험이 사라졌다 싶을 때, 조금 전에 강당을 바람처럼 달려 나가 버렸던 이들 중 몇몇이 용기를 내어 다시 살그머니 내게 돌아오기는 했다. 그 수는 아주 적었다. 그들은 어디로 가서 밥을 먹으면서 이 한심한 사건을 씹어 삼켜 버릴지를 머리를 맞대고 의논했다. 몇 년이 지난 후에도 파울과 나는 그날 국가와 장관에게 하염없이 머리를 조아리느라 지성과 예술의 양심 따위는 안중에도 없이 슈타이어마르크 출신의 아둔한 장관을 뒤따라 달려 나가던 작자들의 이름을 열거해 보곤 했다. 그들 각자가 왜 그렇게 행동을 했는지, 우리는 잘 알고 있었다. 그 다음 날 전 오스트리아의 신문에는 조국을 헐뜯는 작가 베른하르트가 장관에게 무례를 범했다는 기사가 실렸다. 사실은 그와 정 반대로 피플-페르체비치 장관이 작가 베른하르트에게 무례를 범한 것인데도 말이다. 하지만 오스트리아 정부 부처 혹은 오스트리아 국가 보조금이라는 얽히고설킨 관계와는 무관한 외국 언론에서는 그 사건에 대해서 공정하게 보도를 했다. 상을 받으면 한마디로 타락이야, 하고 그때 파울은 나에게 말했다. 그중에서도 나라에서 주는 상을 받는 것은 최고의 타락이고. 블루멘슈톡가세에 사는 음악 친구 이리나를 찾아가서 유쾌한 담소 나누기를 참으로 좋아했던 우리는, 어느 날 갑자기 이리나가 시골로 이사 가 버리자 땅이 꺼지는 듯한 충격을 받았다. 시골도 그냥 시골이 아니라 니더외스터라이히 지방 저 먼 촌구석, 기차도 다니지 않아서 두 시간이나 직접 차를 몰고 가야만 도착할 수 있는 곳이었다. 이리나는 철두철미하게 대도시 여자였으므로, 그렇게 난데없이 시골의 삶을 선택해 버릴 줄은 상상도 하지 못했다. 일 년 내내 매일 저녁 빠지지 않고 음악회나 오페라, 혹은 연극을 보러 가는 것이 너무도 당연하던 여자가 어느 날 갑자기 돌변하여 시골의 단층짜리 농가를 세내어 이사 가 버렸다. 게다가 집의 절반을 갈라 돼지우리로 사용하고 있었으므로 파울과 나는 그곳을 처음 방문하던 날 너무도 놀라 기절할 뻔했다. 지붕에서 비가 줄줄 샜을 뿐만 아니라 지하실도 없어서 온 집안이 천장까지 습기로 축축했다. 그런 집 안에 이리나가 있었다. 수년간 빈의 신문과 잡지에 글을 써 온 음악평론가인 남편과 함께 천이 너덜너덜할 정도로 다 떨어진 옷을 입고 미국산 주물난로 앞에 앉아 직접 구운 소위 농부빵이란 것을 먹으며 시골의 삶을 찬미하고 도시를 저주하고 있는 것이다. 나는 코를 찌르는 돼지 냄새 때문에 숨조차 못 쉬고 있는데 말이다. 이리나의 남편인 음악평론가는 이제 베베른과 베르크, 하우어와 슈톡하우젠에 관해서 글을 쓰는 대신 창문 앞에서 장작을 패고 막혀 버린 변소에서 오물을 퍼내는 일을 했다. 이리나도 더 이상 육 번 교향곡이나 칠 번 교향곡을 입에 올리지 않았다. 대신 직접 손질해서 연통에 걸어 놓았다는 훈제 고기 이야기만 했다. 클렘페러와 슈바르츠코프 이야기는 한 마디도 꺼내지 않고 대신 이른 아침 다섯 시면 벌써 그녀의 잠을 깨우는 새들의 지저귐과 이웃 사람의 트랙터 소리에 대해서만 떠들었다. 처음에 우리는 이리나와 그녀의 음악평론가 남편이 조만간에 농업에 대한 열광에서 깨어나 음악의 세계로 되돌아올 것이라고 믿었다. 하지만 우리의 예상은 틀렸다. 그들은 더 이상 음악에 관심을 갖지 않았다. 마치 그들에게 음악이란 것이 아예 처음부터 존재하지도 않았던 것처럼. 우리는 차를 타고 그녀의 집으로 갔고, 직접 구운 빵과 직접 끓인 수프, 그리고 직접 재배한 무와 토마토를 대접받으면서 어쩐지 그녀에게 사기당한 기분이었고 심지어는 놀림을 당한다는 느낌마저 받았다. 겨우 몇 달 만에 이리나는 세련되고 열정적인 대도시 빈 여인에서, 훈제 고깃덩이나 연통에 걸고 야채나 가꾸는 니더외스터라이히의 촌부로 변신해 버렸다. 우리의 눈에 그것은 극단적인 자기 비하로 보였고, 따라서 거부감이 들었다. 그런 이유로 우리는 더 이상 그녀를 찾아가지 않게 되었고, 그녀와의 관계는 곧 끊겨 버리고 말았다. 이제 우리에게는 대화와 토론을 벌일 새로운 무대가 필요해졌다. 하지만 그런 장소는 없었다. 블루멘슈톡가세는 더 이상 존재하지 않았다. 이제 이리나도 없이 우리 스스로가 알아서 분위기를 만들어야 하는 처지가 되다 보니, 남의 눈에 띄지는 않으면서 다른 사람들을 관찰하기 좋아하는 우리 같은 손님을 위한 이상적인 구석자리가 있고, 대화가 한 번 물이 올랐다 하면 웬만해서는 결코 쉽게 사그라들지 않는 자허 호텔의 커피하우스나 브로이너호프, 혹은 앰배서더에 앉아 있을 때도 훌륭한 음악의 정신들이 우리를 찾아오지 않았다. 그래도 달리 산책을 나설 만한 장소가 없었으므로, 일단 만나서 예전처럼 곧장 자허 호텔로 가거나 아니면 우리의 목적에 적합한 어느 커피하우스로 향했다. 파울과 나는 자허 호텔의 **우리 지정석**에 앉자마자, 금세 추론의 제물로 삼을 희생자를 골라냈다. 쉽게 상상할 수 있듯이 그곳에는 경직된 자세로 케이크를 먹는 사람, 인기 많은 메뉴인 프라하 햄에 돌돌 만 고추냉이 요리를 먹는 사람, 커피를 마시는 사람이 있었는데 그들은 대개 시내를 한 바퀴 구경하고 난 다음 몹시 지쳐 있는 상태이므로 케이크를 유난히 허겁지겁 입으로 가져가고 커피를 탐욕스럽게 들이키는 것이 보통이었다. 우리는 그런 내국인 혹은 외국인의 모습에서 예를 들자면 지난 수십 년 동안 빠른 속도로 만연해진 아둔한 탐식의 습관을 발견하고는 가차없는 비난으로 난도질했다. 가령 한 독일 여자, 멋대가리 없는 모피 코트를 마치 벌을 받듯이 입고 앉아서 생크림을 정신없이 입 속에 퍼 넣고 있는 그녀는 빈에서 마주치는 모든 독일인에 대한 우리의 혐오감을 불러일으켰으며, 흉측할 정도로 샛노란 스웨터를 입고 창가에 앉아 아무도 보는 사람이 없는 줄 알고는 오른손 집게손가락으로 큼지막한 코딱지를 끊임없이 파내고 있는 네덜란드인은 갑자기 네덜란드적인 것 전부를 통틀어서 저주하게 만들 뿐 아니라 마치 우리가 네덜란드라는 나라 자체를 평생 동안 혐오해 온 것 같은 기분이 들게 했다. 우리의 눈에 아는 사람이 보이지 않을 때는 모르는 사람을 냉소의 대상으로 삼곤 했지만, 일단 아는 사람이 나타나면 지금까지 관찰하던 대상에게서 얻은 그런 인상을 아는 사람에게 그대로 적용시켜 버렸다. 우리는 이런 놀이를 하면서 몇 시간이고 흥겨워했다. 그것을 단순한 심심풀이 이상의 수준 높은 대화라고 여겼으며 심지어는 본질적으로 완전히 다른 어떤 것, 즉 거의 철학적인 주제로 발전하기 위한 출발점이라고 감히 믿으면서 즐겁게 남용한 것이다. 그리하여 평범하게 커피를 마시고 있는 지극히 평균적인 한 인간이 우리를 쇼펜하우어로 이끌어 주는 일은 드물지 않았고, 버르장머리 없는 손자와 함께 황태자의 초상화 아래 앉아서 커다란 과자를 씹고 있는 여성 덕분에 우리는 예를 들자면 프라도 박물관에 있는 벨라스케스의 회화 속 궁정광대를 주된 화제로 삼아 경우에 따라서는 몇 시간이고 계속되는 기나긴 대화를 이어가기도 했다. 바닥에 떨어진 우산을 하나 발견하면, 우리는 누구나 상상할 수 있듯이 채임벌린을 연상했을 뿐 아니라 더 나아가서 루스벨트 대통령까지 언급해야만 했다. 또한 페키니즈 강아지를 데리고 지나가는 사람을 보면 자연스럽게 인도 제후의 엄청난 사치에 대해서 말하게 되는, 그런 식이었다. 시골에 살다 보면 어떤 자극도 받지 못하고, 그러다 보면 머리가 위축되므로 결국 내 사고 자체도 위축된다. 하지만 대도시에서는 그런 재앙을 피해 갈 수 있다. 파울이 말했듯이, 대도시를 떠나 시골에서 살면서도 대도시에 있을 때만큼의 정신적 수준을 유지하려면 엄청난 잠재력을 지니고 있어야 하며 두뇌에 쌓아 놓은 기존의 자산이 어마어마해야만 한다. 하지만 그런 사람이라고 해도 언젠가는 정체기를 맞기 마련이며 예외 없이 위축의 과정에 돌입하게 된다. 스스로의 위축을 알아차릴 때쯤에는 대부분 회복하기에는 너무 늦었고, 그들은 어쩔 수 없이 쇠퇴의 길을 걷는다. 그때부터는 무슨 짓을 하더라도 아무런 소용이 없다. 그래서 나 역시 파울과 우정을 나누던 기간 동안, 내 삶의 필수적인 수준을 유지하기 위해 도시와 시골을 왔다 갔다 하는 거주 패턴에 익숙해졌다. 나는 죽을 때까지 이렇게, 최소한 십사 일에 한 번은 빈으로 가고, 최소한 십사 일에 한 번은 시골로 오는 리듬을 유지하며 살겠다고 마음먹었다. 빈에서 겪는 모든 것을 머리가 아무리 빨리 빨아들인다 해도, 시골에서는 또 그만큼 빨리 비어 버리기 때문이다. 사실 머리가 시골에서 비어 버리는 속도는 도시에서 채워지는 속도보다 더 빠르다. 왜냐하면 시골은 머리와 머리의 관심사에 대해서라면 그 어떤 도시나 대도시가 할 수 있는 것보다 더욱 잔인하고 적대적이기 때문이다. 시골은 정신을 소유한 인간에게서 모든 것을 앗아갈 뿐, (거의) 아무것도 주지 않는다. 반면에 대도시는 항상 무언가를 준다. 사람은 그냥 그것을 보고, 그리고 자연스럽게 느끼기만 하면 된다. 하지만 대도시가 주는 것을 보고 느낄 줄 아는 사람은 거의 없다. 그리하여 혐오스러운 감상에 빠진 사람들은 시골로 떠나는데, 잠시만 시골에 머물러도 정신을 말끔하게 털린 나머지 머리가 완전히 텅텅 비어서 바닥을 드러내고 만다. 정신의 발전은 시골에서는 불가능하다. 그것은 오직 대도시에서만이 가능한 일이다. 하지만 요즘은 다들 너도나도 대도시를 떠나 시골로 몰려가는 것이 유행이다. 대도시에서는 머리를 최대한으로 사용하면서 살아야 하는데, 그것이 너무 귀찮기 때문이다. 그것이 자연으로 가려는 진짜 이유이다. 그래서 시간이 흐르고 역사가 쌓여 갈수록 점점 눈부시게 성장하고 증가하는 대도시의 장점, 특히 오늘날 대도시의 엄청난 장점들을 활용하고 누리기보다는 잘 알지도 못하는 자연으로 도피하여 아둔한 맹목에 빠진 채 자연을 감상적으로 칭송하면서 그 안에서 퇴화해 가는 것이다. 아마도 그들은 대도시의 장점을 활용할 능력 같은 것은 아예 없을지도 모른다. 나는 **죽음을 부르는** 자연을 잘 알고 있다. 그래서 할 수만 있다면 최대한 시골을 피해 대도시에서 살고자 한다. 그 어떤 이름의 도시라도, 아무리 보기 흉한 곳이라도, 어쨌든 대도시는 나에게 시골보다 백 배나 더 나은 장소이다. 나에게 적합한 삶은 대도시에 있는데 그것을 불가능하게 만드는 내 폐를 얼마나 저주했는지 모른다. 그러나 어차피 변화시킬 수 없는 일로 계속해서 골머리를 앓는 것은 무의미하다. 이미 수년 전부터 더 이상 말해 봐야 소용도 없고 그럴 필요조차 없게 된 일이니 말이다. 항상 폐 건강 하나만은 탁월하여 시골에서 억지로 살 필요가 없었던 내 친구 파울은 얼마나 좋았을까. 그는 내가 생각하는 최상의 것을 간단하게 누릴 수 있었다. 나는 원하고 있음에도 불구하고 결코 장기간은 누릴 수 없는 대도시의 삶 말이다. 이미 몇 년 전부터 술을 전혀 입에 대지 않았지만, 그래도 그가 생애의 마지막까지 빈에서 가장 즐겨 찾았던 장소는 당연히 에덴바였다. 에디트가 죽은 이후로는 집에서 홀로 보내는 저녁 시간이 견딜 수 없었기 때문이다. 우리는 그동안 수백 번이나 함께 브로이너호프에서 만났는데, 그곳은 곧 그의 집 아래층이 아닌가. 그런데도 그는 단 한 번도 자신의 집으로 올라가자고 나를 초대하지 않았는데, 지금에서야 나는 그 이유를 알 것 같다. 그의 집은 커다란 방하나가 있었고, 거기 딸린 조그만 창고방 안에 부엌과 화장실이 함께 있는 구조였다. 죽기 몇 달 전, 그는 나와 함께 자신의 그 집으로 향하는 층계를 간신히 올라갔다. 그런데 여기서 분명히 해야할 사실은, 아마도 그보다는 내가 더욱 힘들었을 것이란 점이다. 나는 이미 수십 년 전부터 계단을 한 칸 오르기도 힘에 겨운 환자였고, 서너 계단을 올라가고 나면 숨이 차서 견딜 수가 없었던 것이다. 승강기는 고장났고 복도는 거의 암흑이었다. 그래서 우리는 서로를 붙잡고 서로의 헐떡이는 숨소리로 서로를 격려하면서 위로 올라갔다. 이 집 자체는 정말로 별것 아니야, 우리가 집으로 들어설 때 그가 이렇게 말했다. 하지만 위치 하나만은 **최고지**. 바로 그 위치가 (이보다 더 이상 시내 중심일 수는 없거든, 하고 그가 말했다) 그에게는 중요했고 또 집세도 이 정도면 감당할 만하기 때문에 이곳에 사는 거라고. 더 큰 집이라면 집세 때문에 살 수가 없노라고 말이다. 하지만 저것은 에디트를 참으로 비참하게 만들었지. 그는 이렇게 말하면서, 부엌과 화장실이 있는 창고방의 반쯤 열린 문을 가리켰다. 문 뒤에는 접시와 빨랫감이 산처럼 그득 쌓여 있고 사용하지도 않은 채로 상해 버린 생필품의 엄청난 무더기가 보였다. 몰락한 자 최후의 구멍이군, 하는 생각이 들었다. 우리 둘은 짙은 녹색 우단 소파에 앉아 우선 숨을 고른 다음에야, 집안의 협소함, 더러움, 침침함이 주는 낭패감에 당황한 나머지 위치가 최고라는 등 그런 따위의 변명을 쏟아 놓는 것 말고 뭔가 다른 대화거리를 생각해 볼 수가 있었다. 그 소파는 자신이 어린 시절부터 사용하던 물건인데 제일 좋아하는 가구라서 부모님 집에 있는 것을 이곳으로 옮겨 왔다고 파울은 말했다. 그날 우리가 그 소파에 앉아서 무슨 이야기를 나누었는지, 지금 그것은 말할 수 없다. 어쨌든 잠시 뒤 나는 자리에서 일어나 작별인사를 했으며, 절망에 빠진 채 소파에 앉아 있는 내 친구를 남겨 두고 그곳을 떠나 버렸다. 갑자기 나는 그가 더 이상 견딜 수 없어졌으며, 살아 있는 사람이 아니라 오래 전에 죽은 시체와 함께 소파에 나란히 앉아 있다는 생각을 좀처럼 떨쳐 버릴 수가 없었다. 그래서 그의 옆에 더는 있기가 싫었던 것이다. 내가 아직 문을 나서지도 않았는데, 양손을 두 무릎 사이에 찔러 넣고 앉아 있던 그가 눈물을 흘리며 울기 시작했다. 그 순간 자신이 진정 종말에 도달했음을 똑똑히 깨달았던 것이다. 그러나 나는 뒤돌아서지 않았다. 최대한 빠른 속도로 계단을 내려가 바깥으로 나왔다. 달리듯이 빠른 걸음으로 슈탈부르크가세와 도로테어가세를 지나 슈테판 광장을 건너 볼차일레 거리로 향했다. 그곳에 도착한 다음에야 나는 속도를 늦추고 천천히 걸을 여유가 생겼다. 시립공원이라고 하는 곳에서 벤치에 주저앉은 나는, 머리가 지시하는 정확한 리듬에 맞추어 호흡함으로써 미친 듯이 뛰고 있는 심장을 안정시키려 했다. 안 그랬다가는 금방이라도 질식해 죽을 것만 같았다. 시립공원의 벤치 위에서 나는 생각했다. 이것이 내 친구와의 마지막 만남일 거라고. 생명의 불꽃이라고는 단 한 점도 없이 바싹 말라빠지고 쇠약해진 육체, 살고자 하는 의지가 도저히 느껴지지 않는 육체가 앞으로 며칠을 더 버틸 수 있겠는가. 그 육체의 주인이 그동안 얼마나 고독했을까를 생각하니 내 가슴이 무너져 내렸다. 다른 누구도 아닌 사교계 가문의 자식으로 태어나 그렇게 성장하여 사교계의 인간으로 살다가 사교계의 인간으로 나이 들고 늙은 한 인간이 말이다. 내 친구인 그는 크게 불행할 일은 없지만 그래도 대부분의 시간을 힘겹게 살아가야 했던 내게 그토록 자주 최고의 순간을 선사해 주면서 내 삶에 크나큰 영향을 미치지 않았던가. 그는 내가 전혀 알지 못하던 세계를 내 눈앞에 명확하게 열어 준 사람이다. 예전에는 알지 못하던 길을 내게 보여 주었으며 예전에는 완강하게 닫혀 있던 문을 나에게 열어 준 사람이다. 그리고 가장 결정적인 순간에, 내가 나탈에서 말라 죽어 가던 시절에 나 자신을 되찾도록 도와 준 장본인이기도 하다. 내 친구를 알기 전 나는 몇 년 동안이나 병적으로 침울한 상태로 지냈으며 어떨 때는 심각한 우울증과도 싸워야만 했다. 당시 나는 정말로 희망이 없다고 믿었다. 몇 년 동안이나 중요한 일은 한 가지도 하지 못했다. 대부분 아무런 흥미 없이 하루가 시작되었고, 아무런 내용 없이 그대로 끝을 맺었다. 내 삶을 내 손으로 그만 중단시켜 버리고 싶은 열망에 얼마나 자주 사로잡혔는지 모른다. 수년 동안이나 머릿속에는 오직 단 한 가지, 자살에 대한 끔찍하고도 메마른 상상이 가득했고 내가 도피처로 기꺼이 받아들인 그런 상상은 삶을 더더욱 견딜 수 없게 만들어 버렸다. 무엇보다도 가장 견딜 수 없어진 것은 바로 나 자신이었다. 나와 나를 둘러싼 일상의 무의미함에 저항하며 발버둥 쳤지만 아마도 나 자신의 나약한 기질 때문에, 그중에서도 특히 나약한 성격 때문에 나는 도리어 그 무의미함 속으로 더욱더 깊이 침몰하고 있었다. 이런 식으로 끝까지 살 수도 있다는 소름 끼치는 사실은, 이미 한참 전부터 나에게는 악몽이 되어 있었다. 이런 식으로 계속해서 존재할 수 있다는 것조차도 혐오스러웠다. 나는 더 이상 삶의 목적이란 것을 갖고 있지 않았으며, 그로 인해 스스로를 다스릴 능력을 상실하고 말았다. 아침에 눈을 뜨자마자 자동적으로 반복되는 자살에 대한 강박관념에 무력하게 나를 맡겨 버렸고 하루 종일 거기서 헤어날 수가 없었다. 당시 나는 모든 이로부터 버림받은 상태나 마찬가지였다. 나 스스로 그들 모두를 버렸기 때문이다. 사실은 내가 그들 모두를 다시 만나고 싶지 않앉고, 그 어떤 것도 원하지 않았으며, 하지만 그럼에도 불구하고 스스로 삶을 종결지을 용기는 없었던 것이다. 내 절망은 최고점을 향하고 있었다. 나는 절망이란 단어를 입에 올리기를 주저하지 않는다. 일단 나 자신을 속이고 싶지도 않고, 미화할 것이 아무것도 없음에도 불구하고 사회와 세계 전체가 모든 것을 끊임없이, 그것도 가장 극악한 방식으로 미화하고 있는 와중에 나까지 나서서 뭔가를 미화하고 싶지도 않기 때문이다. 내 절망이 아마도 최고점에 다다랐을 무렵 내 앞에 나타난 것이 파울이다. 나는 그를 블루멘슈톡가세에 있는 우리의 친구 이리나의 집에서 알게 되었다. 그는 한눈에 보아도 완전히 다른 사람이었다. 완전히 새로운 인간이었으며, 또한 내가 수십 년 동안이나 생애 최고의 경탄을 바치고 있는 어떤 이름과 연관된 인간이기도 했다. 그래서 나는 곧바로 내 구원자가 나타났다는 생각을 했다. 시립공원의 벤치에 앉아 있는 동안 이런 기억들이 한꺼번에 내 의식 속에서 아주 또렷하게 떠올랐다. 나는 이런 비장한 표현이 부끄럽지 않았다. 평소라면 결코 수용하지 않았을 것이지만 이번만큼은 온 힘을 다해 내 속으로 잡아끌었던 거창한 어휘들이 부끄럽지 않았다. 그 어휘들 덕분에 나는 단번에 엄청난 환희를 느꼈으므로 그것들을 조금도 절제하지 않았다. 그런 어휘들이 마치 시원한 빗줄기처럼 내 위로 쏟아지게 내버려 두었다. 우리의 삶에서 정말로 의미가 있는 인간은 한 손의 손가락만으로 다 헤아릴 수 있을 만큼 적다는 것이 내 생각이다. 솔직하게 말하자면 그런 사람을 세기 위해서 심지어 손가락

하나조차도 불필요한 경우가 있는데, 그럼에도 불구하고 한 손의 손가락을 모두 동원해야 한다고 주장하는 우리의 허위 때문에 손조차도 저항을 일으킬 정도이다. 우리들 스스로가 잘 알고 있듯이 사람은 나이 들어 갈수록 나날이 더욱더 노련한 술책으로 있는 묘안 없는 묘안을 짜내서 적당히 견딜 만한 삶의 상태를 스스로 조성해야 한다. 그런 병적인 추가 부담이 없이도 이미 한계치에 다다를 만큼 지쳐 버린 머리를 더욱 혹사해서 말이다. 그런 견딜 만한 상태에 이른 다음 간혹 우리는 남다른 의미를 지닌 서너 명의 사람을 떠올리게 된다. 우리가 완전히 포기하지 않도록 장기간 도움의 손길을 베풀었을 뿐 아니라 우리에게 매우 큰 영향력을 미친 사람들, 우리 존재의 결정적인 순간과 시기에 모든 것을 의미했으며 그리고 실제로 전부이기도 했던 사람을 말이다. 그런데 우리는 이렇게 몇 안 되는 사람이 죽은 자, 경우에 따라서는 이미 오래 전에 죽은 자라는 사실을 잊으면 안 된다. 삶의 쓰디쓴 경험을 통해서 우리는 지금까지 살아 있는 자, 우리와 함께 공존하는 자, 그리고 심지어는 우리와 나란히 걷고 있는 자조차 아직은 어떤 판단의 범주에 포함시킬 수가 없다는 것을 충분히 배웠기 때문이다. 잘못하다가는 철저하게 기만당할 위험이 있으며 낭패스럽고 한심한 착각을 한 것이 부끄러워 비참한 자괴감에 빠질 수도 있다. 하지만 나는 철학자 루트비히 비트겐슈타인의 조카인 파울에 대해서만은 이런 두려움을 갖지 않을 것이다. 두렵기는커녕 그 반대이다. 나는 그가 죽는 날까지 수년 동안 모든 종류의 열정과 질병을 통해 그와 결속되어 있었고, 그런 열정과 질병으로 인해 끊임없이 솟아나고 발전하는 생각과도 결속되어 있었다. 그는 이 시기 동안 나에게 참으로 큰 도움이 되었던 사람, 어떤 경우에도 내 존재를 내게 유용한 방식으로, 즉 내 성향과 능력 그리고 욕구에 맞게 향상시켜 준 사람, 내 삶 자체가 가능하도록 빈번하게 나를 지탱시켜 준 사람에 속한다. 그가 죽은 지 두 해가 지난 지금, 내 집을 가득 채운 일월의 냉기와 일월의 공허함을 마주하고 있는 순간, 이 사실은 너무도 분명하게 내 의식을 점령한다. 지금 일월의 냉기와 일월의 공허를 함께 이겨내기 위해서 내 곁에 있어 줄 산 자는 한 명도 없다. 그렇다면 죽은 자들과 함께 하면서 혹독한 시기를 극복해야겠다는 생각이 든다. 내 모든 죽은 자 가운데서 최근에, 그리고 지금 바로 이 순간에도 가장 가깝게 느껴지는 인물은 내 친구 파울이다. 나는 내 친구라는 말을 특별히 강조한다. 이 글의 목적은 내 친구 파울 비트겐슈타인에 대한 내 인상을 종이에 옮기는 것이 전부이기 때문이다. 우리는 시간이 흐르면서 서로에게서 그토록 많은 공통점을 발견했고, 동시에 참으로 상반되는 기질 또한 많이 발견했다. 그러므로 블루멘슈톡가세에서의 첫 만남 이후 얼마 지나지 않아 우리의 우정은 커다란 어려움에 처했고, 잠시 뒤에는 당연히 더더욱 커다란 어려움에, 그리고 마침내는 치명적으로 극심한 어려움에 처하게 되었다. 하지만 그와의 우정은 그가 죽는 날까지 나를 완전히 채우고 있었으며 그것은 내게 삶의 방향을 가르쳐 주는 길잡이였다. 의식적이든 무의식적이든 그것이 항상 본질이었음을 나는 지금 깨닫는다. 하나의 우정으로 채워지고, 그 우정으로 방향을 잡았다. 그것은 우연히 발견하고 쉽게 획득한 우정이 아니라, 우리에게 적합하면서도 유용하고 도움이 되는 방식으로 유지하기 위해 우리가 알고 지내는 내내 정말로 힘들게 애쓰고 가꾸어 온 우정이었다. 언제든지 이 우정이 깨어질 수도 있다는 가능성을 늘 염두에 둔 채로 아주 세심하게 신경을 써서 보살핀 것이다. 그날 나는 시립공원의 벤치에 앉아서 생각했다. 그는 편안한 소파가 있다는 이유 때문에, 그리고 무엇보다도 훨씬 더 멋진 회화가 걸려 있다는 이유 때문에 자허 호텔의 커피하우스에 있는 두 살롱 중 오른쪽 살롱을 선호했지만, 나는 언제나 집어 들 수 있는 외국 신문, 특히 영국과 프랑스 신문이 진열되어 있는 데다가 공기가 훨씬 더 좋다는 이유로 당연히 왼쪽 살롱을 선호했다. 내가 빈에 있을 때면 우리는 항상 그런 식이었다. 그리고 그 시기에 나는 주로 빈에서 살았다. 우리는 자허 호텔에 갈 때, 한 번은 커피하우스의 왼쪽 살롱으로, 다음번은 오른쪽 살롱으로 들어갔다. 사실 자허 호텔은 우리가 가장 좋아하는 장소였다. 그곳 커피하우스는 우리가 사람들을 관찰하면서 이야기를 풀어 가기에 최고로 이상적이었기 때문이다. 그러니 자허 호텔 커피하우스에서 만나기로 약속을 하는 것은 당연했고, 만약 그러지 못할 이유가 있을 경우에는 앰배서더를 택했다. 내가 자허 호텔 출입을 처음 시작한 것은 지금으로부터 거의 삼십 년 전의 일이다. 그 시절 나는 거의 매일 자허 호텔에서 친구들을 만났고, 그들과 함께 천재이면서 또 그만큼 미치광이인 작곡가 람퍼스베르크를 둘러싸고 앉아 있곤 했다. 내 인생의 가장 어려운 시기였던 대학 졸업 무렵, 즉 오십칠년경에 친구들이 빈의 모든 커피하우스 중에서도 가장 고상한 세계로 나를 이끌었다. 그들은 내가 근본적으로 아주 혐오하는 문인들이 즐겨 찾는 커피하우스가 아니라, 오늘날 생각해 보면 정말 다행스럽게도 도리어 문인들을 희생 제물로 삼는 커피하우스로 나를 데려간 것이다. 자허 호텔 커피하우스에서 나는 스물두세 살부터 읽고 싶어 하던 모든 신문을 언제든지 손에 넣을 수 있었고, 왼쪽 살롱 구석의 편안한 자리에 앉아 그 누구의 방해도 없이 몇 시간이고 신문을 읽을 수 있었다. 요즘도 나는 오전 내내 그곳에서 르 몽드나 타임스를 펼쳐 들고 앉아서는, 불쾌한 훼방꾼에 의해 절대 중단되는 일 없이 즐거움을 누릴 수 있다. 내 기억에 의하면 자허 호텔에 그런 훼방꾼이 나타난 적은 정말로 한 번도 없었다. 문학가들 커피하우스였다면 오전 내내 방해 없이 온전히 신문 읽기에만 열중한다는 것은 분명 불가능하리라. 반 시간도 지나지 않아서 어떤 소설가라는 작자와 그의 하수인들이 등장할 테니 말이다. 그렇게 무리지어 다니는 인간들을 나는 참으로 경멸한다. 그들은 내가 뭔가 하려고만 하면 끊임없이 방해하고, 특히 어떤 결정적인 일을 앞에 두고 있으면 틀림없이 나타나 자신들만이 할 수 있는 조야하고 비루한 방식으로 내 일을 가로막기 일쑤였다. 나에게는 지극히 중요하고도 결정적인 그 일을 내가 원하는 방식으로 하도록 그들은 결코 가만히 놓아두지 않았다. 문인 카페라는 곳은 공기가 더럽고 악취가 나서 신경에 거슬릴 뿐만 아니라 정신적인 활동도 불가능했다. 그런 곳은 나에게 단 한 번도 새롭고 신선한 경험을 주지 못했다. 단지 늘 불안하고 불편한 기분, 철저하게 무의미한 우울을 안겨 줄 뿐이었다. 하지만 자허 호텔에서는 전혀 불편하지 않았고, 우울하거나 불편한 적도 없다. 심지어는 자허 호텔 커피하우스에서는 글을 쓴 적도 자주 있다. 물론 나만의 방식으로 쓴 것이지, 문인 카페를 드나드는 치들이 하는 그런 방식으로 썼다는 뜻은 아니다. 우리가 사귀기 전부터 수십 년 동안이나 내 친구가 그 위층에 살았던 브로이너호프는 요즘에도 공기가 너무 탁해서 앉아 있기가 힘이 든다. 그리고 아마도 병적으로 비용을 아끼느라 조명을 최소한으로만 켜 놓기 때문에, 그런 흐릿한 불빛 아래서는 글을 단 한 줄만 읽어도 눈이 극심하게 피로해진다. 뿐만 아니라 브로이너호프의 의자도 마음에 들지 않기는 마찬가지이다. 그 의자에 잠시만 앉아 있어도 척추에 심각한 무리를 피할 길이 없고, 브로이너호프 주방에서 흘러나오는 냄새가 순식간에 옷에 스며드는 것도 문제이다. 그런데 브로이너호프는, 비록 나의 개인적인 요구를 만족시킬 만큼 충분하지는 않지만 그래도 커다란 장점들이 있긴 하다. 예를 들자면 브로이너호프의 웨이터들은 참으로 세심하게 일을 하고 주인은 이상적인 수준으로 예의 바르다. 즉 요란스럽지도 않고 그렇다고 표현에 인색한 것도 아닌 딱 적절한 그런 예의 바름이다. 하지만 브로이너호프는 하루 종일 구제불능으로 어두침침한 것이 큰 문제이다. 사랑에 빠진 젊은이들이나 늙은 병자에게야 유리한 환경이겠지만 나처럼 책과 신문을 읽는 데 집중하는 사람은 반대이다. 매일 오전의 가장 중요한 일과가 다름이 아닌 바로 책과 신문을 읽는 것인 사람, 그것도 아주 젊은 시절부터 독일어로 된 것은 뭐든지 참을 수가 없어진 탓에 정신적인 삶을 유지하기 위해서 영어와 불어로 된 책과 신문에 특별히 관심을 쏟는 사람에게는 말이다. 지난 세월 동안 변함없이 생각해 왔고 지금도 마찬가지인데, 타임스에 비하면 **프랑크푸르트 알게마이네** 신문이 도대체 무엇이고, 르 몽드에 비하면 **쥐드도이체 차이퉁** 따위가 어떻게 감히 나설 수가 있겠는가! 하지만 독일인은 영국인이 아니고 또한 당연히 프랑스인이 될 수도 없다. 이미 소년시절부터 영어와 프랑스어로 책과 신문을 읽을 수 있었다는 사실은 내가 가진 크나큰 장점이자 행운이다. 만약 형편없이 조악하고 외설스러운 독일어 신문만을 들춰 보면서 살아야 했다면, 지금의 내 세계가 얼마나 참혹할지 상상하기도 싫다. 더구나 그중에서도 오스트리아 신문은 차마 신문이라고 이름을 붙일 수가 없는, 매일매일 새롭게 수백만 부를 찍어 내는 변소용 휴지에 불과하다. 그것도 사용할 수조차 없는 변소용 휴지 말이다. 브로이너호프에서는 자욱한 담배 연기와 퀴퀴한 주방 냄새, 그리고 정오쯤이면 한꺼번에 모여들어 사회생활의 공허함을 말로 풀어내는 사분의 삼이나 이분의 일, 혹은 사분의 일 지성인들의 시끄러운 수다 때문에, 생각은 떠올랐다가도 금세 질식해서 사라져 버렸다. 브로이너호프에서는 사람들의 말소리가 너무 크거나 반대로 너무 작았고, 웨이터들은 너무 느리거나 너무 빨랐다. 하지만 다른 무엇보다도 브로이너호프는 내가 매일 필요로 하는 것과 정반대의 요소를 갖추었으므로, 지난 몇 년간 유행의 선두에 있다가 유명세를 탈 때와 마찬가지로 빠르게 몰락해 버린 하벨카 카페처럼, 바로 그런 점에서 전형적인 빈의 커피하우스라고 말할 수 있다. 나는 세계적으로 명성이 높은 빈의 커피하우스를 늘 증오해 왔다. 그 안에는 내가 싫어하는 요소들만 가득했기 때문이다. 그런데 또 다른 면으로 보면, 나는 수십 년 동안이나 (하벨카 카페처럼) 오직 내가 싫어하는 요소로만 가득한 그 브로이너호프를 집처럼 편하게 여겼다. 빈에 살 때면 늘상 들락거리곤 하던 무제움 카페나 그 밖의 다른 커피하우스처럼 말이다. 나는 빈의 커피하우스를 증오하면서도 그렇게 증오하는 빈의 커피하우스를 매일매일 자꾸만 드나들었다. 나는 빈의 커피하우스를 증오했지만, 바로 내가 그곳을 증오하기 때문에 빈에만 있으면 커피하우스 가기라는 병에 걸려 버리고 말았다. 나는 커피하우스 가기 병을 다른 병보다도 더욱 지독하게 앓았다. 그리고 솔직히 고백하면, 오늘날까지도 나는 커피하우스 가기 병에서 벗어나지 못했다. 커피하우스 가기 병은 내가 가진 모든 병 중에서 가장 불치의 것이기 때문이다. 내가 빈의 커피하우스를 증오한 이유는, 거기에서 항상 나와 똑같은 부류의 인간을 마주쳐야 했기 때문이다. 이것이 진실이다. 나는 끊임없이 나 자신과 마주하는 상황을 증오한다. 더구나 다른 곳도 아닌 나로부터 도피하기 위해서 일부러 찾아가는 장소인 커피하우스에서, 하필이면 그곳에서 나를, 그리고 나와 똑같은 부류의 인간들을 정면으로 마주쳐야 하다니. 나는 나 자신을 견딜 수 없다. 그런데 나와 똑같은 인간들이 한 무더기나 모여서 똑같이 뭔가를 골똘히 생각하고 똑같이 뭔가를 열심히 쓰고 있는 것을 어떻게 참겠는가. 할 수만 있다면 나는 문학을 최대한 피한다. 할 수만 있다면 나 자신을 최대한 피하고 싶기 때문이다. 그렇기 때문에 나는 빈의 커피하우스 방문을 자제해야만 한다. 내가 빈에 있을 때면 최소한 문인들의 커피하우스라는 장소는, 아무리 상태가 좋은 곳이라 해도 결코 드나들지 않도록 유념해야 한다. 그러나 이미 말했듯이 나는 커피하우스 가기 병에 걸린 환자이므로, 그러지 않으려고 마음과 정신은 거부하는데도 어쩔 수 없이 발길이 자꾸만 문인 카페로 향했던 것이다. 빈의 문인 카페를 치떨리게, 깊이 증오하면 할수록 나는 더더욱 집착을 버리지 못하고 더더욱 자주 그곳을 찾아갔다. 이것이 진실이다. 그러다가 내 증세가 최악의 상태에 다다랐을 즈음 파울 비트겐슈타인이란 친구를 알게 되지 않았더라면, 지금 내가 어떤 상황에 있을지는 상상할 수도 없다. 그가 없었더라면 아마도 나는 문학가들의 세계로 빠져들고 말았을 것이다. 세상에서 가장 가증스러운 세계인 빈의 문학계와 그들의 문학 정신이라는 늪으로 말이다. 당시 최악의 위기를 겪고 있던 나로서는 세상과 더 이상 투쟁을 벌이기가 벅찼기 때문이다. 좋은 게 좋은 것이라고 내 고집을 꺾고 시류를 따라 다른 문학가들과 어울리는 것이 난관을 타개하는 가장 손쉬운 방법이었을 테니까.

그런데 파울은 내가 그러지 않도록 막아 주었다. 파울 자신도 문인 카페라는 곳을 증오하고 있었기 때문이다. 그런 훌륭한 이유 덕분에 나는 어느 정도는 회복이 되었고, 더 이상 문인 카페에 갈 필요 없이 단번에 그와 함께 자허 호텔로 본거지를 옮겼으며 더 이상 하벨카 카페 등지가 아닌 앰배서더로 갔다. 이제는 그들이 내게 치명적인 영향을 미치지 못할 테니 문인 카페에 들어가도 된다고 스스로에게 허용하기 전까지는 말이다. 문인 카페란 곳은 원래 작가에게 치명적인 영향을 미치는 장소가 맞다. 이것이 진실이다. 반면에 나는 요즘에도 빈의 커피하우스에 앉아 있으면 나탈에 있는 내 집보다 더욱 편하다. 이것 또한 진실이다. 십육 년 전, 고향이라는 감정은 조금도 없는 상태에서 오직 살아남기 위한 처방으로 나 스스로 선택한 주거지인 오버외스터라이히 지방보다 빈이 여전히 훨씬 더 편한 것이다. 아마도 거기에는 중대한 이유가 있으리라. 나탈에서 나는 스스로를 처음부터 너무 심하게 고립시켜 버렸다. 그리고 고립에서 벗어나기 위한 그 어떤 행동도 하지 않았으며 도리어 그 고립 상태를 의식적, 무의식적으로 최대로 강화하면서 절망의 바닥까지 몰고 가 버렸다. 나는 항상 도시인이었으며 그것도 대도시형 인간이었다. 생애 초기를 대도시에서, 그것도 유럽 최대의 항구도시인 로테르담에서 보냈다는 사실은 일생 동안 나에게 중대한 영향을 미쳤다. 그러므로 내가 빈에 도착하자마자 즉시 안도의 한숨을 내쉬는 것은 다 그럴 만한 이유가 있다. 그러나 반대로 빈에 며칠 있으면 이번에는 나탈로 달아나야 한다.

빈의 극심하게 더러운 공기 때문에 질식해 죽지 않으려면 말이다. 그래서 나는 최근 몇 년 사이 최소한 이 주일에 한 번씩은 번갈아서 빈과 나탈을 왕복하는 습관을 들였다. 나탈에 십사 일 동안 있다가 빈으로 달아나고, 그리고 빈에 그만큼 있다가 다시 나탈로 달아난다. 이리하여 나는 살아남기 위해서 빈과 나탈을 왕복하며 달아나는 도망자, 단호한 결단에 따라 행동해야만 생존할 수 있는 인간이 되었다. 빈의 피곤을 풀기 위해 나탈로 오고, 나탈의 피곤에서 벗어나기 위해 빈으로 온다. 나의 이런 불안한 체질은 일생 동안 신경을 갉아먹는 불안 속에서 살아가야만 했고 마침내는 그 불안 때문에 종말을 맞았던 외조부로부터 물려받았다. 외조부뿐 아니라 내 선조들 모두 그런 불안을 앓고 있었고, 한 장소에서 오랫동안 살거나 소파에 오래 앉아 있는 것조차도 견디지를 못했다. 사흘 동안 빈에 있다 보면 나는 빈이 견디기 힘들어지고, 나탈에 사흘 동안 있은 다음에는 마찬가지로 나탈이 견딜 수가 없다. 내 친구도 죽기 전 몇 년 동안은 이렇게 장소를 바꾸어야 하는 내 리듬에 맞추어서 나와 함께 빈과 나탈을 왔다 갔다 한 적이 아주 여러 번 있다. 나탈에 도착하면 나는 도대체 나탈에서 뭘 하겠다는 건지 스스로 의아해지고, 반대로 빈에 도착하면 내가 빈에 무엇 때문에 왔는가 하는 생각이 든다. 대다수의 사람들이 그러듯이, 나 역시 내가 없는 곳에 있고 싶고, 방금 도망쳐 온 그 장소가 그리워지는 것이다. 그런데 이런 치명적 증세가 최근 들어 더더욱 심각해질 뿐 조금도 나아지지 않는다. 나는 날이 갈수록 점점 더 빈번하게 빈으로 갔다가 다시 나탈로 갔다가, 다시 나탈을 떠나 다른 대도시인 베네치아나 로마로 갔다가 다시 나탈로 돌아오고, 이번에는 프라하로 떠났다가 다시 돌아오기를 반복하고 있다. 그런데 진실은 이렇다. 나는 그냥 **자동차에 앉은 채로** 한 장소를 떠나 다른 장소로 이동하는데, **행복한 순간은 오직 자동차에 앉아 있을 때뿐이다.** 나는 차를 타고 이동할 때만 행복하고, 도착하는 순간 세상에서 가장 불행한 인간이 된다. 어디에 도착하든지 상관없이, 도착하는 순간 나는 불행하다. 나는 세상의 그 어떤 장소에서도 견디지 못하고, 오직 떠나 온 장소와 도달할 장소 사이에 있을 때만 이 행복한 인간에 속한다. 몇 년 전까지만 해도 나는 이런 병적인 성향이 얼마 안 가서 분명 치명적인 광기로 이어질 것이라고 믿었다. 하지만 그 성향은 나를 광증으로 이끌지 않았고, 내가 평생 무척이나 두려워한 광증으로부터 나를 지켜 주기까지 했다. 그런데 내 친구 파울도 나와 똑같은 질병을 앓고 있었다. 그 역시 지난 수십 년 동안 오직 어떤 장소를 떠나고 싶다는 이유, 그리고 어딘가 다른 장소로 가고 싶다는 이유 하나만으로 끊임없이 거주지를 옮겨 가며 살았다. 어느 장소에 도착하더라도 행복해지지 못한 것은 그 역시 마찬가지이며, 그것은 우리가 참으로 여러 번 함께 이야기해 온 주제이기도 했다. 생의 전반부에 그는 파리와 빈 사이를, 마드리드와 빈 사이를, 그리고 런던과 빈 사이를 왔다 갔다 하며 살았다. 그의 집안과 재력에 걸맞게 말이다. 그리고 나는, 비록 같은 종류의 병적인 강박이긴 했으나 당연하게도 그보다는 적은 규모에서 움직였다. 즉 나탈과 빈 사이, 베네치아와 빈 사이, 그리고 나중에는 로마와 빈 사이를 왔다 갔다 한 것이다. 나는 여행할 때 가장 행복하다. 이동할 때, 차를 타고 갈 때, 하여튼 어딘가로 움직이고 있을 때 가장 행복하다. 그러나 도착하는 순간 나는 세상에서 가장 불행한 인간이 된다. 물론 이미 오래 전부터 겪고 있는 병적인 불안 상태 때문이다. 우리 둘에게는 위와 마찬가지로 병적이라고 할 수 있는 또 다른 공통의 증세가 있었는데, 그것은 바로 브루크너도 말년에 갖고 있었다고 하는 숫자를 세는 강박이다. 예를 들어서 나는 전차를 타고 시내를 지나갈 때면 창밖을 내다보면서 건물의 창문과 창문 사이의 공간을 세거나 창문들의 수를 세거나 아니면 문들의 수를 세거나 혹은 문과 문 사이의 공간을 세지 않고는 도저히 배길 수 없는 증세에 몇 주 내지 몇 달 동안 계속해서 시달리곤 한다. 전차가 점점 빠르게 달릴수록 나 역시 점점 더 빠르게 세어야 한다. 그렇게 스스로 미쳐 가고 있다는 느낌이 들 때까지 나는 숫자 세기를 멈출 수가 없다. 그래서 빈이나 다른 도시에서 전차를 탈 때면 숫자 세기의 강박에 사로잡히지 않으려고 나는 아예 창밖을 바라보지 않고 바닥만 내려다보는 습관을 들였다. 하지만 그러려면 참으로 엄청난 자제력이 요구되고, 항상 성공하는 것도 아니다. 내 친구 파울도 마찬가지로 숫자를 세는 강박이 있었다. 그의 말에 의하면, 자신은 나보다 훨씬 더 정도가 심해서 아예 전차를 타고 다닐 수가 없다는 것이다. 그리고 그는 걷고 있는 바닥의 보도블록을 보통 사람들처럼 그냥 디디는 것이 아니라 아주 엄정한 규칙에 맞추어 정확하게 디디는 버릇이 있었다. 그런데 나 역시 이런 습관을 갖고 있으며 이것 때문에 정말이지 종종 미쳐 버릴 것처럼 힘이 든다. 예를 들면 두 개의 보도블록은 반드시 건너뛰고 정확히 세 번째 블록을 디뎌야만 하는 식인데, 세 번째도 그냥 적당히 가운데에 발을 척 올려놓는 것이 아니라, 그때그때마다 블록의 아래쪽 가장자리나 위쪽 가장자리 선에 한 치의 오차도 없이 정확히 발을 갖다 대야 한다. 우리 같은 인간은 우연히 일어나는 일이나 적당히 일어나는 일을 참지 못한다. 모든 사건은 엄밀하고 정확하게 계산된 기하학적 수학적 대칭구도 안에서 일어나야 한다. 그가 숫자를 세는 강박뿐 아니라 보도블록을 함부로 딛지 않고 반드시 미리 정해진 규칙에 맞게 디뎌야 하는 강박이 있음을, 나는 처음부터 파악하고 있었다. 사람은 반대 성향끼리 서로 끌리는 법이라고들 말을 하지만 우리의 경우에는 도리어 공통점 때문에 서로 끌린 것이 맞다. 우리에게는 수백 수천의 공통점이 있었으며 나는 그에게서, 그는 나에게서 그런 공통점들을 금세 알아보았다. 우리 둘 다 공통적으로 특별하게 좋아하는 것이 수백 수천 가지였고, 둘 다 공통적으로 혐오하는 것이 수백 수천 가지였다. 우리는 어떤 인간에게서 공통적으로 매력을 느낀 적이 많았고, 또 어떤 인간에게서 공통적으로 혐오를 느낀 적도 많았다. 하지만 그렇다고 하여 우리가 모든 점에서 항상 같은 의견, 항상 같은 취향을 가졌던 것은 결코 아니고, 어떤 문제를 항상 똑같은 방식으로 결론지은 것도 물론 아니다. 예를 들면 그는 마드리드를 사랑했지만 나는 증오했고, 나는 아드리아해를 사랑했는데 그는 증오했다. 그런 식이다. 그러나 우리 둘 다 쇼펜하우어를 사랑했다. 노발리스와 파스칼, 벨라스케스와 고야도 마찬가지였다. 반면에 야성적이긴 하지만 예술미라곤 찾아볼 수 없는 엘 그레코는 우리 둘 다 참으로 싫어했다. **남작님**께서는 그의 생애 마지막 몇 달간은 말 그대로 한때 파울이었던 사람의 그림자로 살았다. 시간이 지날수록 그림자는 점점 더 유령의 형상을 띠게 되었고, 시간이 지날수록 사람들은 그림자를 피하게 되었다. 나 또한 마찬가지였다. 파울의 그림자와의 관계는 예전 파울과의 관계와 완전히 똑같을 수는 없었다. 우리는 거의 만나지 못했다. 그가 며칠 동안이나 슈탈부르크가세의 집에서 한 발짝도 밖으로 나오지 않는 때가 많았기 때문이다. 그래서 아주 가끔씩만 만날 약속을 할 수 있었다. 정말로 남작님은, 말 그대로 **소멸**해 버린 것 같았다. 나는 몇 번인가 시내에서 우연히 그를 목격하고는 한동안 가만히 지켜보기만 했는데, 그는 내가 보고 있다는 사실을 알아차리지 못했다. 너무도 힘겨운 동작으로, 하지만 자신에게 맞는 자세를 유지하려고 무척 신경 쓰면서 그는 그라벤 거리의 벽을 따라 천천히 걸어갔다. 콜마르크트를 지나 미하엘 교회까지 온 다음 슈탈부르크가세로 접어들었다. 그때 그의 모습은 실제로, 사람이라기보다는 그림자에 가까웠다. 비유가 아니라 어휘 자체가 의미하는 그대로의 그림자 말이다. 그것을 깨닫는 순간 나는 불현듯 무서움을 느꼈다. 나는 그에게 말을 걸 용기가 나지 않았다. 그의 얼굴을 마주보는 것보다는 차라리 양심의 가책을 짊어지는 편이 더 나았다. 나는 그를 잠시 지켜보다가 그에게 다가가는 대신, 양심의 가책에 시달리면서, 그냥 내 갈 길로 갔다. 그 순간 나는 정말로 그가 무서웠다. 우리는 죽음의 낙인이 찍힌 자들을 피한다. 나 또한 이런 저열한 감정에 굴복하고 말았다. 친구가 죽기 몇 달 전부터 나는 구차한 자기보호 본능 때문에 완전히 의도적으로 그를 피했다. 아직도 나는 스스로를 용서하지 못한다. 나는 거리의 반대편에 서서 그를 지켜보기만 했다. 이미 오래 전에 세상과 결별했으나 여전히 세상을 떠돌도록 강요받은 인간을 바라보듯이. 이미 더 이상 세상에 속하지는 않으나 그럼에도 불구하고 아직은 세상 속에 있어야만 하는 인간을 바라보듯이. 앙상하게 마른 그의 팔에는, **그로테스크해, 그로테스크해**, 야채와 과일이 든 그물 장바구니가 들려 있었다. 장 본 것을 집으로 들고 갈 때 그는 누군가 자신의 초라하고 비참한 몰골을 보고는 혹시나 불쌍하게라도 여길까 봐 늘 두려워하는 마음을 갖고 있었다. 하지만 나 역시 마찬가지로 말을 걸기가 두려웠던 것이, 알은척을 하면 도리어 그를 낭패스럽게 만들거라는 느낌 때문이었다. 그에게 차마 말을 걸 수 없었던 이유가 이미 죽음 그 자체가 되어 버린 사람에 대한 공포심인지, 아니면 자신이 가고 있는 그 길을 아직은 가지 않아도 되는 나와 마주치면 그가 불편해할까 봐 미리 배려해 주는 마음인지, 나는 정확히 알지 못한다. 아마도 둘 다였을 것이다. 그를 바라보고 있으니 나 자신이 수치스러웠다. 친구는 이미 죽음에 가까이 가 있는데 나는 아직 그렇지 않다는 것이 수치스러웠다. 나는 좋은 인간이 아니다. 나는 절대로 좋은 인간이 아니다. 그의 다른 친구들이 모두 그랬듯이, 나도 내 친구로부터 몸을 피했다. 다른 친구들처럼 나 역시 죽음으로부터 멀찌감치 물러서 있고 싶었기 때문이다. 나는 죽음의 얼굴을 마주보는 것이 무서웠다. 내 친구의 모든 것은 이미 죽음의 영역에 있었다. 그즈음 그는 당연하게도 거의 집 밖으로 나오지 않았으므로 내가 먼저 연락을 취해야만 했다. 물론 당연히 나는 그렇게 하기는 했다. 하지만 연락과 연락 사이의 간격이 점점 더 멀어졌고, 그때마다 매번 구차한 변명을 만들어 냈다. 그래도 간혹 우리는 자허 호텔로, 앰배서더로, 그리고 당연히 그의 집에서 가장 가까운 장소인 브로이너호프로 갔다. 어쩔 수 없는 경우라면 혼자서도 그를 찾아갔지만, 그래도 나는 가능하면 다른 친구들과 함께 어울려서 가는 편을 택했다. 내 친구의 몸에서 뿜어져 나오는 음산하고 소름 끼치는 기운을 나 혼자서 고스란히 받기는 싫었기 때문이다. 그런 상황에서는 도저히 오래 견딜 수가 없었다. 상태가 피폐해져 갈수록, 그는 더더욱 우아하게 옷을 차려입었다. 몇 년 전에 죽은 슈바르첸베르크 후작으로부터 물려받은 옷 중에서도 특히 사치스럽고 우아한 옷을 골라서 차려입었지만, 그럼에도 불구하고 살아 있는 시체와 같은 그를 바라보는 것은 고통이었다. 그의 모습은 그로테스크하다기보다는, 깊은 충격 그 자체였다. 솔직히 말하면, 언젠가부터 갑자기 친구들은 아무도 그와 만나고 싶어 하지 않았다. 간혹 그가 장바구니를 들고 시내 거리를 지나가는 모습, 그러다 기운이 하나도 없이 담벼락에 기대 있는 모습을 종종 목격하게 되는데, 그런 그는 지난 수년간, 혹은 수십 년간 친구들에게 매혹과 즐거움을 주면서 우정을 나누던 그 사람이 아니었기 때문이다. 무슨 말을 해야 할지 몰라 어색하고 지루한 분위기가 될 때마다 늘 전 세계로부터 가져온, 결코 바닥나지 않는 무한한 익살을 펼쳐 보이던, 빈이나 오버외스터라이히 사람들의 둔한 정서로는 결코 상상할 수 없는 기발한 농담과 에피소드를 풀어내던 그 사람이 아니었기 때문이다. 전 세계를 여행하고 다녔던 기상천외한 이야기를 풀어놓던 시간, 그를 경멸하고 싫어하는 가족들의 위선을 적나라하게 폭로하던 풍자의 시간, 자신의 가족을 유대-가톨릭-국가사회주의 노당들의 뒤죽박죽 진열장이라고 부르면서 신랄한 냉소와 타고난 연극적 기질을 동원하여 가차 없이 웃음거리로 삼던 그의 시간은 완전히 지나가 버렸다. 이제 그가 가끔씩 재치라고 내놓는 말들은 더 이상 위대한 세계의 숨결도 향기도 지니고 있지 않았다. 그저 가련함과 죽음의 냄새만 풍길 뿐이었다. 예전과 마찬가지로 우아하고 고급스러운 옷을 입고 있었지만 이제는 더 이상 멋과 사교를 아는 남자라는 인상을 주지 못했으며, 보는 사람에게 감탄과 경외심을 불러일으키지도 않았다. 그뿐 아니라 그의 옷들은, 그가 간신히 입 밖으로 꺼내어 하는 말과 마찬가지로, 어느 날 갑자기 실제로 낡고 허름해졌다. 이제 그는 택시를 집어타고 파리로 여행을 떠나지 않았으며, 트라운키르헨이나 나탈도 마찬가지였다. 대신 발에는 오직 두터운 털

양말만을 신고, 최근 들어서 가장 애용하게 된 신발인 더러운 운동화는 조그만 비닐 봉투에 담아 들고, 그문덴이든 트라운키르헨이든 무조건 열차 이등칸 구석자리를 차지하고 앉아서 갔다. 마지막으로 나탈을 방문했을 때 그는 전후에 만들어진 폴로 셔츠를 입고 발에는 아까 말한 그 운동화를 신고 있었다. 그가 요트에 미쳐 있을 무렵 몸에 꼭 맞게 재단한 폴로 셔츠는 거의 오십 년이나 전에 유행이 지난 물건으로 이제는 아무리 좋게 보아도 전혀 깨끗하지 않았다. 그는 나탈의 마당으로 들어서면서 예전처럼 위를 쳐다보는 대신 시선을 내리깔고 땅바닥을 바라보았다. 나는 그에게 가장 유쾌한 음악인 보헤미안 관악오중주를 틀어 주었으나, 그가 음악 속에서 자신의 깊은 슬픔을 잊을 수 있었던 순간은 극히 짧았다. 일생 동안 많은 시간을 함께 했으나 이제는 이미 한참 전부터 그를 피하기만 하는 친구들의 이름을 그는 자꾸만 입에 올렸다. 하지만 실제로 대화가 이루어지기는 힘들었다. 그는 문장을 완결해서 말하지를 못했고, 툭툭 끊어지는 그런 문장들은 아무리 귀를 기울여 봐도 앞뒤 맥락이 맞지 않았기 때문이다. 아무도 자신을 보고 있지 않다고 느낄 때, 그의 입은 늘 벌어진 채 있었고 손은 부들부들 떨렸다. 내가 차를 몰아 그를 트라운키르헨 언덕 위 그의 집으로 데려다 주는 동안 그는 한 마디 말도 없이, 나탈의 내 집 마당에서 자기 마음대로 주워 온 사과가 든 흰색 비닐 봉지를 꼭 끌어안고 있었다. 운전을 하는 동안 내 머릿속에는, 내 희곡 **사냥 클럽**이 초연되던 날의 그가 문득 떠올랐다. 그 연극은 그야말로 유례없이 참담한 실패였다. 부르크 극장은 실패를 위한 모든 조건을 완비한 곳으로, 철두철미하게 삼류인 출연배우들이 단 한 장면에서도 내 희곡을 살려 주지 않았기 때문이다. 첫째는 그들이 내 작품을 전혀 이해하지 못했고, 둘째는 그들 스스로가 작품을 하찮게 평가한 탓임을 나는 곧 알아차렸다. 뿐만 아니라 배우들은 어느 정도는 자신의 것이 아닌 배역을 떠맡아서 연기하는 입장이었는데, 원래는 파울라 베슬리와 브루노 간츠가 역할을 맡기로 했고 나도 그들을 염두에 두고 작품을 썼는데 나중에 그 계획이 어그러지고 말았으니 그 점에 한해서는 배우들 자신의 잘못은 조금도 없다. 원래 하기로 약속했던 두 배우는 결국 내 작품 **사냥 클럽**에 출연하지 못했다. **부르크** 앙상블이, 이 이름은 참으로 사랑스럽게 도착적인데, 브루노 간츠의 출연을 반대하기로 뜻을 모았기 때문이다. 그 이유는 소위 그들이 말하는 생존의 위협 때문만이 아니라, 사실상 생존의 **질투** 때문이기도 했다. 스위스가 배출한 위대한 배우 브루노 간츠라는 엄청난 천재 배우의 이름에 부르크 극단 전체가 말하자면 **예술가의 죽음**에 비유할 수 있는 존재의 공포를 느꼈던 것이다. 당시 부르크 극장의 배우들은 브루노 간츠의 출연을 반대하는 결의문을 작성하였고, 무슨 일이 있더라도 모든 수단을 동원하여 방해를 시도할 것이라고 극단 간부진을 위협했으며 실제로 그렇게 했다. 빈 극단의 처량하면서도 동시에 추악하고 비틀린 일면을 드러낸 그 사건은, 전체 독일어권 연극계에 드리운 회복할 수 없는 치욕의 역사로 오늘날까지도 내 기억 속에 생생히 살아 있다. 그런 일이 가능했던 것은, 빈에서는 극단이 생겨난 이래로 늘 단장이 아니라 배우들에게 결정권이 있었기 때문이다. 특히 부르크 극장의 단장은 그야말로 아무런 발언권이 없었고, 말하자면 극단의 인기 배우들이 모든 문제를 결정하는 상황이었다. 오직 인기 배우들이 말이다. 한 마디로 명청이라고밖에 할 수 없는 그런 배우들은 일단 무대예술에 대해서는 아무것도 몰랐고, 또 다른 한편으로 그들이 하는 연기는 뻔뻔스러운 매춘이나 마찬가지였다. 그것은 작품 자체에 해를 끼칠 뿐만 아니라, 수십 년 혹은 수백 년 전부터 부르크 극단의 매춘연극을 감상해 온 관객들이 결국 저질 중에서도 가장 저질인 연극을 보아 온 셈이니 그로 인해 관객들에게도 해를 끼쳤다고 말할 수밖에 없다. 명성은 높으나 연극에 대한 이해는 한심한 수준인 그런 인기 배우들은 자신들의 연극적 기량을 높이는 데는 전혀 관심이 없고 인기를 뻔뻔스럽게 이용해 먹는 데만 혈안이 되어 있으며, 명청하기 짝이 없는 빈의 연극 관객들의 성원에 힘입어 인기의 백마에 한 번 올라타고 나면 말 그대로 비非예술의 절정에 이르러서 수십 년 동안, 대개의 경우는 죽을 때까지 계속해서 부르크 극장에서 죽치고 있는 것이다. 브루노 간츠의 출연이 빈 배우들의 비열함으로 인해 무산되어 버리자, 내 인생의 첫 번째이며 유일한 **여성 장군**인 파울라 베슬리도 프로젝트에서 **빠져** 버렸다. 그런데 나는 참으로 어이없게도 부르크 극장과 이미 **사냥 클럽**의 공연을 계약해 버린 탓에 발을 **뺄** 도리가 없었고, 따라서 내 작품이 그곳에서 초연되는 것을 참고 견뎌야만 했다. 그것은 한마디로 지루하고 짜증 나는 공연이었다. 심지어는 빈의 부르크 극장에 올려진 다른 연극을 볼 때마다 내가 거의 매번 생각했듯이, 저래도 원래 의도만은 괜찮았다고 너그럽게 생각해 줄 수조차 없었다. 주인공 역을 맡은 배우들은 일단 재능이란 것이 전무했을 뿐만 아니라, 빈의 모든 연극 배우들이 지난 수백 년간 전통적으로 줄곧 관객들과 야합해 왔던 것처럼, 극히 미미한 저항 감만 감지된다 싶으면 부끄러움도 모른 채 그 즉시 관객들과 야합해 버렸기 때문이다. 작품이 너무 어려워서 이해하지 못하는 관객들이 첫 장면부터 작품과 작가를 좋아하지 않는 기색이다 싶으면, 배우들은 비열하게도 자신이 연기하고 있는 작품과 그 작품을 쓴 작가의 뒤통수를 조금의 주저도 없이 후려갈겨 버린다. 빈의 배우들은, 특히나 부르크 극장의 배우들은, 유럽의 다른 나라에서라면 너무도 당연한 일, 즉 작가와 작품을 위해서 연기하는 것이 아니고, 특히나 작품이 새롭고 검증되지 않은 경우라면 몸을 불살라 연기할 마음이 더더욱 없기 때문이다. 대신 막이 올라가자마자 관객들이 즉각 호응해 주지 않는다 싶으면 그 자리에서 작품과 작가를 가차 없이 배반하고 관객과 야합하여 예술을 팔아먹기 시작한다. 그들 자신이 자화자찬하며 부르는 유치한 표현대로라면, 이른바 **독일어권 최초의 무대**라는 공연을 자기들 마음대로 세계 최초의 연극 매음판으로 만들어 버리는 것이다. 그런 일은 내 작품 **사냥클럽**이 초연되는 불운한 저녁에만 일어났던 것도 아니다. 부르크 극장의 배우들은 막이 올라간 직후 관객으로부터 소위 말하는 즉

각적인 감동의 반응을 얻지 못하자 즉시 나와 내 작품에 등을 돌렸다. 나는 그것을 객석 위층의 내 자리에 앉아서 분명히 볼 수 있었다. 즉 그들은 나와 내 작품을 노골적으로 적대시하는 연기를 했다. 일 막이 진행되는 내내 배우들은 영혼 없이 무성의하게 연기를 해치웠다. 마치 사냥 클럽을 연기하기 싫지만 맡은 바 임무 때문에 할 수 없이 한다는 식으로, 마치 우리도 이 작품이 지겹다구요, 수준도 형편없고 재미도 없어서 짜증 난답니다, 하지만 어쩌겠어요, 우리에게 이 연극을 하라고 시킨 단장님이 싫은 것은 아니니까 이렇게 억지로 공연을 할 수밖에요, 라고 온몸으로 변명하는 듯한 태도였다. 우리가 지금 이 작품을 공연하고는 있지만 사실은 하고 싶지 않다, 우리가 지금 이 작품을 공연하고는 있지만 이건 참으로 별 볼 일 없는 작품이다, 우리가 지금 이 작품을 공연하고는 있지만 어쩔 수 없어서 억지로 하는 것뿐이다. 배우들은 순식간에 아무것도 모르는 관객과 한패가 되었고, 나와 내 작품을 짓밟아서 흔히 말하듯 묵사발로 만들었을 뿐 아니라 내 연출까지도 배반함으로써 참으로 파렴치하게 내 작품 사냥 클럽을 영혼 없는 허깨비로 변신시켰다. 내가 쓴 희곡은, 예술을 배반한 천박한 배우들이 초연 때 공연한 것과는 당연히 아주 다른 작품이었다. 일 막이 진행되는 동안 분노를 참기 어려웠던 나는 막이 내리자마자 당장 자리에서 튀어 일어나 밖으로 나갔다. 속아 넘어갔다는 느낌, 그것도 최악으로 비열하게 뒤통수를 맞았다는 느낌이 분명히 들었다. 연극 초반에 몇 마디의 대사를 듣자마자 이미 나는 배우들이 나에게 적의를 품고 있으며 내 작품을 짓뭉개 버릴 것임을 알았다. 연극은 시작된 지 몇 분 만에 배우들의 비예술에 놀아나면서, 관객을 상대로 벌이는 한판 기회주의의 장으로 전락해 버렸다. 배우들은 나를 배신했고, 자신들이 온 열정을 다해서 산파 역할을 해 주어야 할 내 작품을 형편없이 우스운 꼴로 만들었다. 내가 자리를 떠나 옷 보관대로 가자 거기서 일하는 여자가 이렇게 말했다. **선생님도 이 연극이 마음에 안 드나 봅니다, 그렇죠?** 하필이면 부르크 극장에서 **사냥 클럽**을 초연하기로 계약을 해 버린 나 자신의 우둔함이 너무도 한심한 나머지 치밀어 오르는 분노를 참지 못하면서 나는 아래층으로 내려와 극장을 떠났다. 나는 그런 **사냥 클럽**을 단 한순간도 더는 시켜볼 수가 없었다. 그날 내가 부르크 극장으로부터 도망치듯 달아난 것이 기억난다. 마치 극장이 내 작품을 학살할 뿐아니라 내 모든 정신력을 송두리째 학살하는 장소이기라도 한 듯이 그렇게 나는 달아났다. 나는 링 가도의 끝까지 갔다가 다시 도심으로 되돌아왔다. 광분에 차서 정신없이 왔다 갔다 돌아다녔으나 좀처럼 마음을 진정시킬 수가 없었다. 공연이 끝난 후 나는 연극을 관람한 몇몇 친구들을 만났는데, 그들은 입을 모아 공연이 **아주 성공적이었다고, 분명히** 말했다. 심지어 공연이 끝난 후에는 **엄청난 박수갈채가** 쏟아졌다고도 했다. 그들은 내게 거짓말을 한 것이다. 그 공연은 분명히 재앙으로 끝을 맺을 수밖에 없다는 것을 내가 가장 잘 알고 있었다. 내 직감은 아주 뛰어나기 때문이다. 아주 성공적이고 엄청난 박수갈채가 있었다고, 친구들은 우리가 레스

토랑에 들어가 자리를 잡고 난 뒤에도 그치지 않고 자꾸만 반복해서 말했다. 그들의 거짓말에 나는 그들 모두의 따귀를 갈겨 주고 싶은 심정이었다. 그들은 심지어 배우들을 칭찬하기까지 했다. 세상에서 제일 아둔하며 예술과는 거리가 멀고 결국에는 내 작품 **사냥 클럽**의 무덤을 판 자가 바로 그 배우들인데도 말이다. 나에게 진실을 말해 준 유일한 사람은 내 친구 파울이었다. 그는 공연을 처음부터 끝까지 철저하게 잘못된 해석이라고 평가했다. 완전한 실패작이며 파렴치한 빈 예술계의 전형이고 작가와 작품을 대하는 부르크 극장의 비열한 태도를 보여 주는 대표적인 예라는 것이다. 너도 역시 부르크 극장의 멍청함과 교활함, 그리고 음흉함의 희생양이 된 거야, 하고 그는 말했다. 난 하나도 놀랍지 않아. 이 일이 나에게 좋은 교훈이 될 거라고도 했다. 당연히 우리는 거짓말을 하는 자를 경멸하고 진실을 말하는 자를 존경한다. 그러니 내가 파울을 존경한 것은 당연하다. 죽어 가는 사람은 머리를 움츠린다. 살아 있는 자들과 죽음을 생각하지 않는 자들과는 더 이상 교류하기를 원하지 않는다. 파울은 그렇게 머리를 움츠리고, 스스로 타인들의 세상과 결별했다. 그의 모습은 더 이상 보이지 않았다. 사람들은 단지 아주 가끔 그가 어떻게 지내는지 궁금해할 뿐이었다. 우리 모두를 알고 있는 친구들은 나에게 그의 안부를 물었고 나는 그들에게 물었다. 그 친구들과 마찬가지로 나 역시 그의 집으로 직접 찾아갈 용기가 없었다. 그의 집 아래층에 있는 브로이너호프에서 커피를 마실 때면, 비어 있는 그의 자리 옆에서 홀로 슈탈부르크가세 거리를 내다보고 있으면, 그가 없기 때문이 아니라 그럼에도 불구하고 내가 여전히 찾아오고 있기 때문에 갑자기 브로이너호프에 대한 증오가 이중으로 끓어올랐다. 그리고 지금 내 머리 위 자신의 집에서 비참한 몰골로 침대에 누워 있을 것이 분명한 친구, 죽음의 얼굴과 정면으로 마주칠까 봐 너무도 두렵기 때문에 내가 찾아갈 엄두를 내지 못하고 있는 바로 그 친구보다 더 좋은 친구는 아마도 내 일생에 두 번 다시 없으리라는 생각이 들곤 했다. 그러면 나는 즉시 그 생각을 밀어내 버렸고, 마침내는 완전히 내 밖으로 떨쳐 버렸다. 단지 과거에 적어 놓은 메모들 사이에서 파울에 관한 내용을 찾아서 읽는 일에만 열중했다. 길게는 십이 년 전까지 거슬러 올라가는 메모의 글을 통해서 그를 죽은 자가 아닌 살아 있는 사람으로, 내 기억 속에 영원한 현재로 간직하고 싶었다. 그런데 내가 나탈에서 빈에서 로마에서 리스본에서 그리고 취리히와 베네치아에서 써 놓은 메모를 읽어 보니, 그것은 결국 죽어 가는 어느 한 인간에 관한 이야기임을 알게 되었다. 내가 친구 파울을 알게 된 것은 그가 명백하게 죽어 가기 시작한 시점이었고, 내 메모가 지금 말해 주듯이 지난 십이 년간 나는 그의 죽음의 과정을 추적해 온 것이다. 그러면서 그의 죽음을 이용했다. 그의 죽음을 가능한 모든 방법으로 이용해 먹었다. 사실 나는 그의 죽음을 십이 년 동안 지켜본 증인에 지나지 않으며, 십이 년 동안 죽어 가는 친구로부터 나 자신이 살아남기 위한 에너지를 빨아내고 있었다는 생각이 들었다. 그러다 보니 내 삶이, 정확히는 내 존재가 조금이라도 더 수월하게 앞으로 나가기 위해서는, 혹은 최소한 내가 장기간 생존하기 위해서는 친구가 죽어야 한다는 그런 결론에 이르는 것도 아주 앞뒤가 안 맞는 생각만은 아니었다. 내가 그동안 파울에 대해서 써 왔던 메모의 대부분은 음악과 그가 저지른 무분별한 만행에 관한 것이다. 헤르만 병동과 루트비히 병동, 우리들 운명의 산인 빌헬미네 산 두 병동 사이의 관계, 그리고 천구백육십칠년 그해 운명의 산에서 우리와 함께 있었던 환자들과 의사들에 관한 내용이기도 하다. 그러나 정치에 관해서, 그리고 풍요와 빈곤에 관해서도 그는 의미심장한 말을 던질 수 있는 남다른 경험의 소유자였다. 그의 경험은 내가 아는 모든 인간 중에서 가장 민감한 영혼을 가진 자만이 겪는 그런 경험이었다. 그는 현대 사회를 경멸했다. 현대 사회는 모든 면에서 스스로의 역사를 부인하는데다가, 그 자신의 표현대로라면 과거도 없고 미래도 없으며 우둔한 핵과학의 제물이 되어 버렸기 때문이다. 그는 부패한 정부와 과대망상에 빠진 국회를 신랄하게 비판했으며 예술가들과 특히 소위 재현 예술가라는 작자들이 빠져 있는 거만한 허영심을 경멸했다. 그는 정부와 국회, 국민 전체, 창조적인 예술과 재현 예술, 그리고 그런 활동을 하는 예술가에 대해 항상 회의적이었으며 자기 자신에 대해서도 역시 끊임없이 회의적이었다. 그는 자연을 사랑하면서 동시에 증오했고 예술도 마찬가지였다. 그는 인간을 열정적으로 사랑했고 그만큼 냉혹하게 증오했다. 그는 부자의 입장에서 부자를 보았으며 가난한 자의 입장에서 가난한 자를 보았다.

141

건강한 자의 입장에서 건강한 자를, 병자의 입장에서 병자를 보았다. 그리고 미치광이의 입장에서 미치광이를 보았으며 정신착란자의 입장에서 정신착란자를 보았다. 그는 죽기 얼마 전에 다시한 번 더, 이미 수십 년 전에 자신과 친구들이 만들어 낸 화려한전설의 주인공 역할을 했다. 장전된 리볼버 총을 손에 들고 잔뜩흥분한 상태로 노이에 마르크트 광장에 있는 쾨세르트 보석상으로 들어간 것이다. 보석상 건물은 한때 그의 부모가 살았던 집이기도 했다. 사람들의 말에 의하면 그는 문턱에 서서 진열대 뒤편에 서 있는 보석상 주인이자 자신의 사촌인 고트프리트에게, 어떤**특정한 진주**를 내놓지 않으면 **당장 총을 쏘아 죽이겠다**고 위협을했다는 것이다. 사람들의 말에 의하면 내 친구 파울의 사촌 고트프리트는 기절할 듯이 놀랐고, 정말로 죽을까 봐 겁에 질린 채 벌벌 떨면서 두 손을 머리 위로 들어 올렸다고 한다. 그러자 내 친구는 이렇게 말했다고 한다. 네 **왕관에 박혀 있는 진주** 말이다! 그가 장난을 쳤던 것이다. 그것은 파울의 마지막 장난이었다. 사촌인 보석상은 장난을 받아들일 줄 몰랐다. 보석상의 머리에 즉각 떠오른생각은, 자신의 사촌이 다시 예전처럼 **금치산자**가 되어 버린 듯하니 지체 없이 병원에 집어넣어야 한다는 것이다. 그래서 보석상은**미쳐 날뛰는 사촌**을 붙잡았고, 경찰을 불러 그를 슈타인호프로 싣고 가도록 했다고 전해진다. 내가 땅에 묻히는 날 이백 명의 친구들이 모일 거야. 그날 자네가 내 무덤에서 연설을 해 주었으면 해, 하고 파울은 나에게 말했었다. 하지만 내가 듣기로 그의 장례식에 참석한 사람은 모두 합해서 여덟 명 혹은 아홉 명이 전부였다고 한다. 그때 나는 크레타에 머물면서 희곡을 쓰고 있었다. 그곳에서 썼던 희곡은 완성된 다음에 찢어 버렸다. 나중에 나는 사람들에게서 들었다. 그는 사촌의 보석상을 습격한 지 며칠 뒤, 내 짐작과는 달리 그가 매번 실려 갔던 곳이고 그 자신도 **사실상**의 고향이라고 불렀던 그 슈타인호프가 아니라, 린츠의 한 병원에서 죽었다고 한다. 이제 그는 빈의 중앙묘지에서, 흔히 하는 표현대로라면, 안식을 취하고 있다. 나는 그의 무덤을 지금까지 단 한 번도 찾지 않았다.

| 역자 후기 |

　현대 오스트리아 문학의 대표 작가 중 한 명인 니콜라스 토마스 베른하르트는 1931년 2월 9일 네덜란드의 헤이를런에서 미혼모의 아들로 태어났다. 목수였던 그의 친부는 비록 아동청소년국으로부터 친부 판정을 받기는 했으나 끝내 그를 자신의 아들로 인정하지 않았다. 따라서 베른하르트는 한 번도 친부의 얼굴을 본 적이 없으며, 지방의 작가였던 외조부의 집에서 어린 시절을 보냈다. 학교에 적응하지 못하고 성적도 좋지 않았던 그는 1946년 김나지움을 자퇴하고 잘츠부르크의 가난한 동네 소매상의 견습사원으로 들어가 상인 수업을 마쳤다. 그는 나중에 자전 5부작에서 학교를 "정신의 파괴소"라고 불렀다. 그의 자전 5부작은 1975년에서 1982년 사이 발표한 소설 《원인》,《지하실》,《호흡》,《냉기》,《한 아이》 이 다섯 작품이다. 베른하르트의 어린 시절과 청소년기에 해당하는 이들 작품은 사생아로 태어나 아버지의 얼굴을 모른 채

가난하지만 지적으로 충만했던 외조부의 보호 아래 살던 어린 시절, 기숙학교에서 받은 국가사회주의 교육, 폐결핵으로 생명이 위태롭던 투병기, 외조부의 죽음과 어머니의 죽음, 전쟁으로 인한 힘겹고 어두운 삶을 거치면서도 사회의 기존 가치를 저항 없이 받아들이려 하지 않았던 한 작가적 영혼의 성장에 관한 기록들이다. 축복받지 못한 탄생, 어머니로부터 버림받았다는 느낌, 아버지의 부재, 생의 출발부터 드리운 이러한 어두운 그늘은 베른하르트가 작가로 성장해 나가는 데 지대한 영향을 미친 것으로 보인다.

1950년 베른하르트는 가명으로 쓴 최초의 소설을 발표하면서 작가의 길로 들어섰다. 50년대에는 저널리스트로 일을 하면서 글을 쓰는 한편 잘츠부르크의 모차르테움에서 연기와 음악이론, 희곡 작법 수업을 받았다. 다수의 작품을 발표했고 브레멘 문학상, 오스트리아 국가상, 게오르크 뷔히너 상, 그릴파르처 상 등 주요 문학상을 수상했으며 독일어권 문학을 대표하는 세계적인 작가로 성장했음에도 불구하고, 이 소설을 읽은 독자라면 누구나 알 수 있겠지만, 그는 소위 자신과 같은 작가라는 사람들, 문화계 인사라는 사람들을 참으로 지독하게 냉소했다. 또한 이 소설에도 나오듯이 오스트리아 국가상을 수상할 당시 그의 수상소감이 실제로 사회적인 큰 문제를 불러일으키기도 했다. 그리고 소설《벌목꾼》이 발표되고 난 후에 오스트리아의 작곡가인 람퍼스베르크는 소설 속 주인공 부부의 모습이 자신들 부부와 상당히 일치하는 것을 발견하고는 베른하르트를 명예훼손으로 고소하고 책의 전량 회수를 요구하기도 했다.

그의 삶에는 두 명의 "결정적인 인간"이 있었는데 한 사람은 어린 시절 삶의 의미와 철학을 가르쳐 준 외조부이고 다른 한 사람은 이 소설에도 언급되는 "내 인생의 사람"인 헤트비히 스타비아니체크이다. 내면의 연인이자 삶의 동반자였던 그들의 관계는 그녀가 죽는 1984년까지 이어진다. 그보다 37세 연상이었던 그녀는 그를 빈의 사교계로 이끌었고 그의 지원자가 되었으며 그들은 많은 여행을 함께 했다. "삼십 년이 넘는 세월 동안 나는 그 사람으로부터 살아갈 힘을 얻었고, 그 사람으로 인해 삶을 유지할 수 있었다. 내가 살아 있는 이유는 그 이외의 다른 무엇도 아니다. 이것이 진실이다." 1989년 그문덴의 자택에서 심장질환으로 사망한 토마스 베른하르트는 헤트비히 스타비아니체크의 곁에 묻혔다.

베른하르트의 자전 5부작에 속하지는 않지만 마찬가지로 자전적 이야기라고 할 수 있는 《비트겐슈타인의 조카》는, 1967년부터 1979년까지 베른하르트가 친구이자 철학자 비트겐슈타인의 조카인 파울 비트겐슈타인과 나누었던 우정에 관한 이야기다. 베른하르트의 다른 작품들과 마찬가지로 이 소설 또한 단락 나누기 없이 전체가 길게 이어지는 단조로운 모놀로그이며 독자는 베른하르트의 청중이 되어 그의 독백에 귀 기울이는 형식으로 독서를 하게 된다.

파울은 오스트리아의 손꼽히는 부유한 집안에서 태어났으나 이미 태어나는 그 순간부터 일생 동안 자신을 장악해 버릴 정신병을 앓는 상태인, "정신적으로 아픈 갓난 아기"였으며 "다른 사람들이 정신병이 없는 상태를 당연히 여기듯이 그는 자신의 정신병을 당연한 것으로 여기며 죽는 순간까지 평생을 그렇게 살았다"고 하는 사람이다. 그런 파울이 서서히 몰락하는 과정을 가까이서 지켜본 유일한 증인인 베른하르트는 이 글을 쓰면서 자신은 "결국 죽어가는 어느 한 인간"을 추적하고 관찰해 왔음을 깨닫는다. 그리고 자신이 "그의 죽음을 이용했다. 그의 죽음을 가능한 모든 방법으로 이용해 먹었다"라고 고백하는데, 이것은 친구에게 바치는 베른하르트 나름의, 참으로 베른하르트다운 레퀴엠이라고 할 수 있다.

1970년대의 어느 날 토마스 베른하르트는 한 친구의 집에서 파울 비트겐슈타인을 알게 된다. 열띤 음악 토론이 벌어지는 와중에 베른하르트가 끼어든 것이 계기가 되었다. 파울 비트겐슈타인의 음악을 향한 놀라운 열정과 뛰어난 박식함은 베른하르트를 사로잡았고 그들은 즉시 매우 높은 수준의 예술적 교감을 나누는 친구가 되었다. 그러나 파울은 태어날 때부터 원인 불명의 정신질환에 시달리고 있었고 베른하르트는 어린 시절에 앓은 늑막염의 후유증으로 폐결핵을 앓고 있었다. 그래서 그들은 우연히도 1967년 어느 날 같은 시기에 같은 병원의 각각 다른 병동에 입원하게 된다. 소설은 바로 그 시점에서 회상과 뒤섞여 시작된다.

파울 비트겐슈타인은 이미 모두 알고 있듯이 그 유명한 루트비히 비트겐슈타인의 조카이다. 이 소설에서 루트비히 비트겐슈타인이란 이름은 한 개인의 배경에 드리운 엄청난 부유함과 엄청난 지성과 엄청난 명성의 그림자라는 역할을 한다. 그리고 동시에 파울과 마찬가지로 가족 모두에게 등을 돌린 매우 상징적인 인물이기도 하다. 루트비히 비트겐슈타인은 이미 베른하르트와 파울 비트겐슈타인이 알게 되기 한참 전인 1951년에 사망했으므로 베른하르트는 "파울과 그의 삼촌 루트비히의 사이가 실제로는 어떠했는지 알지 못한다. 그에게 굳이 물어본 적도 없다. 심지어 그 둘이 생전에 서로 만난 적이나 있는지 모"른다. 그러나 비록 실제로 직접적인 연관이 없다고 해도 파울은 삼촌인 루트비히와 여러 면에서 비교되는 인물이다. 루트비히와 마찬가지로 파울은 집안의 이단자이며 집안의 수치였다. 루트비히와 마찬가지로 파울도 "더러운 수백만의 돈을 순수한 인민에게 뿌려 줌으로써 순수한 인민과 자기 자신을 구원할 수 있다고 믿었"고 그로 인하여 말년에 빈털터리가 되었다. 루트비히 비트겐슈타인이 엄청난 유산을 포기하고 농부의 자식들을 가르치는 시골 초등학교 교사가 된 일화는 너무도 유명한데, 파울도 그런 점에서 근본적으로 크게 다르지 않았다. 둘 다 예술과 철학을 경멸하는 사업가 집안의 분위기를 따르지 않았으며, 결정적으로 그의 광기의 경지는 곧 루트비히의 철학의 경지에 도달해 있었다. "루트비히는 그의 철학으로 유명해졌고 파울은 그의 광기로 유명해졌다." 그리고 베른하르트는 파울의 광기와 자신의 광기 또한 마찬가지로 비교함으로써, 어느 모로 보나 비범한 세 인물들을 광기라는 공통점을 통하여 연결시킨다.

　그들은 음악의 열정을 나누는 것 이외에도 빈의 커피하우스를 다니며 인습적이고 우둔한 세계와 사람들을 함께 성토했다. 베른하르트가 상을 받는 자리를 함께 하면서 빈의 문학계라는 곳이 얼마나 생각 없고 무지한지를 체험했으며, 노이에 취리히 차이퉁이란 신문 한 부를 사기 위해 수백 킬로를 가야 하는 수고도 아무렇지 않게 생각했다. 즉 그들은 다른 친구라면 결코 할 수 없을 일을 나눌 수 있고 이해할 수 있는 생애 한 명뿐인 유일한 친구로 지낸 것이다. 베른하르트가 극심한 우울증에 빠져 자살을 생각하던 시기 그를 구원해 준 것도 친구 파울이었다. "그는 이 시기 동안 나에게 참으로 큰 도움이 되었던 사람, 어떤 경우에도 내 존재를 내게 유용한 방식으로, 즉 내 성향과 능력 그리고 욕구에 맞게 향상시켜 준 사람, 내 삶 자체가 가능하도록 빈번하게 나를 지탱시켜 준 사람에 속한다."

그러나 이미 처음부터 "죽음을 예약해 둔 상태"로 묘사될 만큼 병이 깊었으며 말년에 이를수록 극심한 경제적 곤란을 겪던 파울은 사랑하는 아내 에디트의 죽음 이후 도저히 회복할 수 없게 무너져 버린다. 그는 서서히 하나의 유령, 죽음의 음산함을 온몸으로 발산하는 하나의 그림자로 변신해 간다. 한때 파울 비트겐슈타인이었던 인간의 그림자 말이다. 자연스럽게 친구들은 그에게서 멀어지며, 베른하르트조차도 파울을 피하게 된다. 그는 두려웠다. "내 친구의 몸에서 뿜어져 나오는 음산하고 소름 끼치는 기운을 나 혼자서 고스란히 받기는 싫었다"고 그는 고백한다. 고독과 궁핍에 시달리던 파울은 마지막으로 발작을 일으켜 실려 간 병원에서 숨을 거둔다. 자신의 장례식에서 연설을 해 달라고 했던 파울의 생전 부탁을 베른하르트는 들어주지 못했다. 파울이 죽을 때 크레타 섬에 있었던 까닭에 장례식에 참석하지 못했기 때문이다. 그는 파울의 묘지를 한 번도 찾지 않았다.

우리가 짐작할 수 있듯이 베른하르트의 작품은 발표될 때마다 오스트리아에서 부정적인 반응과 스캔들을 불러일으키곤 했다. 조금의 여과도 없이 그대로 표출되는 지독한 조국 혐오는 소시민적 애국자들의 자존심을 건드렸을 것이고 지나치게 선동적이란 의혹도 샀다. 대중의 인기에 영합하는 정치인들은 그때마다 목소리를 높여 베른하르트를 비난하고 그의 시민권을 박탈해야 한다고 주장했다. 1968년 그의 오스트리아 국가상 수상 소감에서 문제가 된 것은 "죽음을 생각하면, (상을 포함한) 다른 모든 일들은 그냥 가소로울 뿐이다", "오스트리아인은 죽음의 고통이 만들어 낸 산물이다" 등의 구절이다. 뿐만 아니라 그는 자신의 희곡 작품 공연에서 현행법에 위반되는, 비상등마저도 없는 공연장 전체의 완벽한 어둠을 요구해서 여러 번이나 오스트리아 소방당국과 마찰을 일으켰고 1988년 발표된 희곡 《영웅광장》은 오스트리아가 나치와 "병합"한 역사를 정면에서 다루어 큰 문제를 야기했다.

그의 다른 작품들과 마찬가지로 이 소설에도 베른하르트 특유의 증오와 냉소가 가득하다. 다른 무엇보다도 조국 오스트리아에 대한 증오, 소위 문학가와 문화계 인사란 자들에 대한 증오, 문학상에 대한 증오, 의사들에 대한 증오, 그리고 자연에 대한 증오까지. 마치 음악에서 그렇듯, 끊임없는 반복을 통해 점점 상승하며 고조되는 그의 증오의 장광설은 베른하르트 문학의 어떤 지문 같은 것으로 그의 책을 읽어 본 독자라면 매우 익숙할 것이다. 아이러니컬하게도 베른하르트가 갖은 냉소와 경멸을 퍼붓고 있는 빈의 부르크 극장은, 매우 뛰어난 무대예술의 경지를 보여 주는 것으로 명망 높은 빈의 일류 극장이다.

베른하르트가 엘프리데 옐리네크와 마찬가지로 오스트리아에서 "조국에 침 뱉는 자", "조국을 더럽히는 자"라는 평을 듣는 것은 이상하지 않다. 베른하르트의 오스트리아 증오는 참으로 지독하여, 그는 지작권법이 유효한 기간 동안은 사후에 자신의 작품이 오스트리아에서 출판되어서는 안 된다는 내용을 유언에 명시하기도 했다.

배수아

희극입니까? 비극입니까?

삶은 하나의 — 1916년 4월 6일, 제1차 세계대전의 최전선에서 포병으로 복무하던 루트비히 비트겐슈타인은 쓴다. 다른 병사들이 알아볼 수 없도록 암호로 작성된 그날의 일기는 이것이 전부다.

새로운 존재로 거듭나겠다는 의지, 혹은 자살을 향한 다소 완곡한 충동으로 군대에 자원한 스물일곱 살의 젊은 천재 철학자에게 삶은 과연 무엇이었을까? 대답을 위해 비트겐슈타인에게는 하루라는 시간이 필요했던 것으로 보인다. 다음날의 일기는 이렇게 시작한다. — 고문이다.

"우리가 가끔 고문대에서 풀려나는 유일한 이유는, 새로운 고통에 민감한 상태를 유지하기 위해서다. 각양각색의 고통들이 나열되어 있는 끔찍한 모습이다! 기진맥진하게 만드는 행군, 기침이 멈출 줄 모르는 밤, 주위에 가득한 만취한 자들, 주위를 둘러싼 악랄하고 멍청한 인간들."[1]

　베른하르트도 물론 동의할 것이다. 그는 피할 수 없는 병과 고통, 우리를 짜증나게 하는 악랄하고 멍청한 인간들에 대한 전문가였다. 의사들이 치료를 포기하고 임종실로 보내 서둘러 병자성사를 받게 했던 열여덟 살 무렵부터, 가슴에서 주먹만 한 종양을 꺼내는 대수술을 받고 보름달처럼 부푼 얼굴로 죽음을 기다리던 서른여섯 살까지, 그리고 그 이후로도 쭉, 그는 불치의 병과 함께 살았다. "인간의 삶에, 모든 사람과 모든 것에 대해 분노"[2]했던 베른하르트는 세계를 향한 분노를 글로 쓰지 않을 수 없었다. 이르게 예고되었던 죽음이 마침내 찾아올 때까지. 그것은 "광신적인 과장"[3]으로 가득한 파편적이며 반복적인, 광인의 중얼거림을 닮은 글쓰기였고, 자신의 말마따나, 그는 광기와 폐질환이라는 두 가지 병을 똑같이 이용하며 일생에 걸친 그의 존재의 원천으로 삼았다.

　1968년, 또 한 번 죽음에서 돌아온 베른하르트는 오스트리아 국가상 시상식장에서 애국적인 동료 시민들을 분노하게 만든 악명 높은 수락 연설을 한다. "주제를 약간 벗어나는 철학적인 문구"가 들어 있는 짧은 연설문은 대략 이런 내용을 담고 있었다. 오스트리아는 앞으로도 거듭 실패할 수밖에 없는 조직이다, 오스트리아인들은 빈사 상태에 빠진 악한들이다, 삶은 절망이다, 철학은

---

[1]　루트비히 비트겐슈타인, 《전쟁일기》, 박술 옮김, 읻다, 2016, 360쪽
[2]　마르셀 라이히라니츠키, 《작가의 얼굴》, 김지선 옮김, 문학동네, 2013, 333쪽
[3]　마르셀 라이히라니츠키, 《나의 인생》, 이기숙 옮김, 문학동네, 2014, 398쪽

절망의 증거를 찾고 모든 철학은 결국 광기로 이어진다….[4]

만약 비트겐슈타인이 살아 있었다면 베른하르트의 연설에 박수쳤을까? 글쎄. 우리가 알 수 있는 건, 그의 조카는 분명 그렇게 했을 거라는 사실이다. 모두가 그를 비난하며 강당을 나설 때, 파울 비트겐슈타인은 베른하르트와 그의 인생의 사람 곁에 머물렀던 유일한 사람이었다. 어쩌면 유일한 사람은 아니었을지도 모르고. 적어도 베른하르트는 그렇게 생각했을 수도 있겠다고, 지금 나는 생각한다. 그는 종종(실은 자주) 자신의 친구에게서 그의 삼촌의 모습이 겹쳐 보이는 것을 의식하지 않을 수 없었을 테니까. 그건 누구보다 깊은 우정을 나누던 친구에게는 불충한 일이겠지만, 그로서는 불가피한 일이기도 했을 것이다.

"그는 한눈에 보아도 완전히 다른 사람이었다." 파울 비트겐슈타인과의 첫만남을 회상하며 베른하르트는 쓴다. "또한 내가 수십 년 동안이나 생애 최고의 경탄을 바치고 있는 어떤 이름과 연관된 인간이기도 했다. 그래서 나는 곧바로 내 구원자가 나타났다는 생각을 했다."

사실 베른하르트에게 비트겐슈타인이라는 이름은 너무나도 커서, 비트겐슈타인이나 자기 자신을 파괴하지 않고 그에 대해 잠시라도 쓸 수 있을지 확신하지 못할 정도였다. 그 이름은 그에게 응답할 수 없는 소환장이나 다름없었다. "따라서 내가 비트겐슈타인

---

4   Thomas Cousineau, "Thomas Bernhard an introductory essay."(http://www.thomasbernhard.org/cousineautbintro.shtml)

에 대해서 쓰지 않는 것은 쓸 수 없기 때문이 아니라, 내가 그에게 응답할 수 없기 때문이다."[5]

물론 우리는 말할 수 없는 것에 대해서는 침묵해야 한다. 그것은 《논리철학논고》의 마지막 문장이자 가장 널리 알려진(오해받아 온) 비트겐슈타인의 가르침이다. 그러나 동시에, 우리는 비트겐슈타인이 말하지 않은 것에 대해 생각할 필요가 있다.

"내 책은 두 부분으로 이루어져 있습니다. 한 부분은 여기에 있고 나머지 한 부분은 내가 쓰지 않았던 모든 것입니다. 그리고 정확하게 이 두 번째 부분이 중요한 것입니다. 왜냐하면 윤리적인 것은 내 책에 의해, 말하자면 내부로부터 경계가 그어지기 때문입니다."[6]

따라서 파울과 그가 비트겐슈타인이나 그의 철학을 두고 이야기 자체를 나눈 적이 한 번도 없다는 사실은 지극히 자연스럽다. 베른하르트로서는 친구와 함께 그의 삼촌에 관한 이야기를 나누는 것이 다소 '윤리적이지 않은 것'으로 느껴졌을지 모른다. 다른 한편으로, 구태여 말을 하지 않더라도 비트겐슈타인의 존재는 두 친구의 주위를 떠나지 않았을 것이다. 마치 유령처럼. 《논고》의 끝에서 두 번째 명제를 비트겐슈타인은 이렇게 썼다. "실로 언표할 수 없는 것이 있다. 이것은 드러난다, 그것이 신비스러운 것이다."[7]

---

5 Thomas Cousineau, 앞의 글

6 윌리엄 바틀리 3세, 《비트겐슈타인, 침묵의 시절》, 이윤 옮김, 필로소픽, 2014, 54쪽에서 재인용

7 루트비히 비트겐슈타인, 《논리-철학 논고》, 이영철 옮김, 책세상, 2006, 116쪽

소설에 대해서도 비슷한 말을 할 수 있다. 비트겐슈타인에 대해 최소한만 언급함으로써, 베른하르트는 그의 존재감을 드러내고 소설을 가득 채우게 한다고. 물론 그건 상당 부분 그의 기술 덕분이다. 작가는 대체로 은밀하게, 가끔은 노골적으로 친구의 얼굴에 삼촌의 얼굴을 덧칠하며 일종의 더블 이미지를 만들어낸다.

"파울은 자신의 삼촌 루트비히만큼이나 철학적이었으며, 그리고 반대로 철학자 루트비히는 조카 파울만큼이나 미치광이였다." 차이는 "한 명은 자신의 두뇌를 **출판했고** 다른 한 명은 자신의 두뇌를 **실천했다**"는 것. 파울이 자신의 두뇌를 출판하기를 원했는지는 모르겠다. 말년의 그가 엄청난 성공이 보장된 고루한 회고록 쓰려고 시도했다고는 하나 그다지 열성적이었던 것 같지는 않다.

루트비히는 출판보다는 실천을 원했다. 군대에 자원하고, 시골에 내려가 초등학교 선생님이 되고, 제2차 세계대전 중에 병원의 짐꾼이나 간호병을 자처했던 것도 그런 노력의 일환이었다. 심지어 그는 학문의 길을 걸으려는 제자들을 뜯어 말리기도 했다. 본인은? 거기에 대해서라면 근사한 대답이 있다. "누군가는 지적 세계에 존재하는 아우게이아스 왕의 마구간을 청소해야만 했다. 그리고 이 지적인 위생 사업을 수행할 운명을 타고난 사람이 우연히도 그였을 뿐이다."[8]

중년의 루트비히는 비극은 언제나 "만일……하지 않았더라면,

---

8 앨런 재닉 · 스티븐 툴민, 《비트겐슈타인과 세기말 빈》, 석기용 옮김, 필로소픽, 2013, 346쪽

전혀 아무 일도 일어나지 않았을 텐데"[9]라는 말로써 시작할 수 있다고 했다. 그렇다면 루트비히의 삶이야말로 전형적인 비극이라할 만하다. 만일 그가 철학을 공부하지 않았더라면… 만일 그가시골에서 돌아오지 않았더라면…

그렇지만 파울의 삶을 비극이라고 할 수는 없다. 비록 그의 마지막 나날들에 지나치게 많은 쓸쓸함과 슬픔이 배어 있는 것처럼보이지만, 실은 대부분의 죽음 — 또는 삶 — 이 그렇다. 말년의비트겐슈타인도 쓰고 있는 것처럼.

"사람들이 죽었을 때, 우리는 그들의 삶을 화해적인 관점에서본다. 그의 삶은 안개를 통해 우리에게 원만하게 보인다. 그러나그에게는 그 삶이 둥글지 않았다. 오히려 모서리가 나 있었으며 불완전하였다. 그에게는 화해가 존재하지 않았다; 그의 삶은 초라하였고 비참하였다."[10]

베른하르트는 죽음을 향해 가는 친구의 더디고 고통스러운 걸음을, 당시에 자신이 그것을 외면했다는 사실까지를 포함하여, 똑바로 바라본다. 친구의 얼굴 위에 덧씌워져 있던 또 다른 비트겐슈타인은 이제 없다. 남은 것은 초라하고 비참한, 그나마도 얼마남지 않은 삶뿐이다. 어쨌거나 그것은 그의 것이다. 베른하르트는 친구의 마지막 날들을 거듭해서 곱씹는다. 그때 친구의 "죽음을 가능한 모든 방법으로 이용해 먹었"는지도 모른다는 깨달음이

---

9 루트비히 비트겐슈타인, 《문화와 가치》, 이영철 옮김, 책세상, 2006, 45쪽
10 루트비히 비트겐슈타인, 앞의 책, 106쪽

그를 엄습한다. 자신과 죽음 사이의 완충제, 혹은 자신과 비트겐
슈타인 사이의 완충제로써. 하지만 그는 쓰기를 멈추지 않는다.
특유의 분노와 광적인 과장은 최대한 자제한 채. 라이히라니츠키
의 말마따나, 베른하르트로서는 유래없을 따뜻함과 다정함을 담
아. 이것은 끝나 버린 한 시절에 대한 회고다. 동시에 그가 하지
못한 추도사다. 그리고 무엇보다 우정의 기록이다. 희극도 비극
도 아닌, 삶을 견디게 만드는, 어떤 우정 말이다.

금정연

1931년 2월 9일 네덜란드 헤이를런에서 미혼모의 사생아로 태어남.
어머니는 작가 요하네스 프로임비힐러의 딸이고, 아버지는
잘츠부르크 근교 헨도르프 출신의 가구공이었으며 베른하
르트를 아들로 인정하지 않았음. 베른하르트는 빈의 외조부
모에게 맡겨져 양육됨.

1935년 외조부모와 함께 잘츠부르크 제키르헨으로 이주함. 제키르헨
은 베른하르트에게 행복한 유년 시절이자 "파라다이스"가 됨.

1937년 어머니의 결혼으로 1943년까지 오버바이에른의 트라운슈
타인에서 보냄. 베른하르트는 그곳 학교에 적응하지 못해
어려움을 겪음.

1940년 친아버지가 독일에서 알코올 중독으로 사망(자살로 추정됨).

1942년 어머니가 아들의 버릇을 고치기 위해 튀링겐 잘펠트의 나치
감화원으로 보냄.

1943년 잘츠부르크에서 학교를 계속 다니며 나치 학교 기숙사에서
지냄.

1944년 잘츠부르크 시에 심한 폭격이 있은 후, 외할머니가 베른하
르트를 트라운슈타인으로 데려옴. 어려운 살림에도 외할아
버지는 손자가 예술적 교양을 쌓도록 바이올린과 그림 공부
를 시킴.

1945년 9월 나치 학교에서 가톨릭으로 바뀐 요하네움 학교 기숙사
로 돌아옴. 김나지움에 다님.

1946년 어머니와 의붓아버지, 이복동생 페터와 수잔네, 외삼촌 파
랄트 피힐러, 외조부모를 포함한 일가족이 잘츠부르크의 두
칸짜리 방으로 이사.

1947년 김나지움 공부를 그만두고 잘츠부르크 슬럼가의 지하 식품
점 견습 점원으로 일함. 상인 수업을 받으면서 개인적으로
음악과 성악 수업을 받음.

1949년 1월 감기 후유증과 궁핍함으로 늑막염에 걸렸다가, 이 병이
나중에 폐결핵으로 악화됨. 1951년까지 그라펜호프의 폐결
핵 요양원에서 투병 생활. 2월 11일 외할아버지가 신장병으
로 사망함.

1950년 가명으로 잘츠부르크 신문에 처음으로 단편소설을 발표함.
어머니 사망. 37세 연상인 헤트비히 스타비아니체크를 알게
됨. 그녀는 1984년 사망할 때까지 베른하르트의 삶의 동반
자가 됨. 그녀 덕분에 베른하르트는 빈의 문화계에 출입할

수 있게 됨.

1951년 빈 예술 대학에 입학.

1952년 다시 음악, 연극 수업을 받기 시작. 1955년까지 사회당 신문
《민주국민일보*Demokratisches Volksblatt*》에 자유기고가로서
법정 관계 기사, 르포, 도서, 연극, 영화 평론을 씀.

1955년 잘츠부르크 극장에 관해 쓴 기사 때문에 명예훼손죄로 고소
됨. 기자 생활을 그만두고 1957년까지 잘츠부르크에 있는
모차르테움에서 음악과 연극을 공부함.

1956년 빈의 문예지 《현재의 목소리》에 산문 〈돼지 치는 남자
Schweinehütter〉를 발표함. 빈의 문인들과 교유 관계를 맺음.

1957년 첫 서정시집 《지상과 지옥에서*Auf der Erde und in der Hölle*》
출간. 작곡가 람퍼스베르크와 그의 아내 마야를 알게 됨. 이
들과의 교유를 통해 아방가르드 창작 기법을 배움.

1958년 시집 《죽음의 순간*In hora mortis*》과 《강철 달빛 아래*Unter
dem Eisen des Mondes*》 출간.

1960년 람퍼스베르크와 결별. 오페라 리브레토 〈머리Köpfe〉와 초
현실주의적 단편극 〈허구의 여인Die Erfundene〉, 〈로자Die
Erfundene, Rosa〉, 〈봄Der Frühling〉이 초연됨.

1961년 서정시 140편 분량의 원고를 "서리(Frost)"란 제목으로 출판
사에 보냈으나 출간을 거절당함.

1962년 시집 《미친 사람, 갇힌 사람》 자비 출판.

1963년 등단 소설 《서리*Frost*》 출간. 신문지상에서 중요한 문학적

사건으로 평가받음.

1964년 베른하르트가 가장 애착을 가진 소설 《암라스Amras》 출간. 《서리》로 율리우스 캄페 상 수상.

1965년 《서리》로 브레멘 문학상 수상. 오버외스터라이히의 올스도르프에 오래된 농가를 매입하여 이후 십 년간 개축함.

1967년 소설 《혼란Verstörung》 출간. 빈 바움가르트너회에의 결핵 전문병원에서 대수술을 받음.

1968년 오스트리아 국가상 수상. 베른하르트는 수상소감 연설에서 오스트리아를 "앞으로도 거듭 실패할 수밖에 없는 조직이며, 모든 것이 교환 가능한 무대 소품의 국가"라 일컫고, 오스트리아인들을 무감각하고 "빈사 상태에 빠진 인간들"이라고 불러 최초로 국가와 충돌함. 소설 《운게나흐Ungenach》 출간.

1969년 단편소설 《바텐Watten》 출간.

1970년 소설 《석회 공장Das Kalkwerk》 출간. 게오르크 뷔히너 상 수상.

1971년 유고슬라비아를 순회하며 낭독회를 가짐. 시나리오 《이탈리아인Der Italiener》 출간.

1972년 〈방관자와 미치광이Der Ignorant und der Wahnsinnige〉가 잘츠부르크 페스티벌에서 초연됨. 비상등 소등을 둘러싼 논쟁으로 공연이 취소됨. 그릴파르처 상 수상. 가톨릭교회에서 탈퇴.

1974년 〈사냥 클럽Die Jagdgesellschaft〉이 빈 부르크 극장에서 공연됨.

1975년 희곡 《대통령Der Präsident》, 소설 《수정Korrektur》, 첫 번째

자전소설《원인*Die Ursache*》출간.

1976년 희곡《유명인사들*Die Berühmten*》, 자전 소설《지하실. 탈출 *Der Keller. Eine Entziehung*》출간. 잘츠부르크의 신부 프란 츠 베제나우어가《원인》에 등장하는 프란츠 신부가 자신을 왜곡하여 형상화하였다고 주장하며 베른하르트를 명예훼손 으로 고발함.

1978년 희곡《이마누엘 칸트*Immanuel Kant*》, 소설《호흡*Der Atem*》, 《예*Ja*》출간. 집필 도중 지병인 폐와 심장 질환이 재발함. 겨울이면 이상적인 기상조건을 찾아 남쪽 지방에서 글을 씀.

1979년 희곡《은퇴를 앞두고*Vor dem Ruhestand*》를 발표하여 나치 전력을 가진 바덴뷔르템베르크 주장관을 둘러싼 논쟁에 참 여. 독일어문학 아카데미에서 탈퇴.

1980년 소설《싸구려 급식자들*Die Billigesser*》발표.

1981년 자전 소설《냉기*Die Kälte*》출간, 희곡《봉우리마다 고요함이 *Über allen Gipfeln ist Ruh*》발표, 희곡《목적지에서*Am Ziel*》 가 잘츠부르크에서 초연됨.

1982년 자전 소설《한 아이*Ein Kind*》,《콘크리트*Beton*》, 소설《비트 겐슈타인의 조카*Wittgensteins Neffe*》,《혼란》으로 오스트리 아 문학대상 수상.

1983년 희곡《빛 좋은 개살구*Der Schein trügt*》(1984년 보훔에서 초 연됨), 소설《몰락하는 자*Der Untergeher*》출간.

1984년 헤트비히 스타비아니체크 사망. 소설《벌목꾼*Holzfällen*》출간. 《벌목꾼》이 출간되자, 람퍼스베르크가 명예훼손죄로 고소하고, 베른하르트는 이 책이 오스트리아에 공급되는 것을 금지함.

1985년 잘츠부르크 페스티벌에서 〈연극쟁이Der Theatermacher〉가 초연됨. 소설 《옛 거장들Alte Meister》 출간.

1986년 〈단순복잡Einfach kompliziert〉이 베를린에서 초연됨. 〈리터, 데네, 포스Ritter, Dene, Voss〉가 잘츠부르크 페스티벌에서 초연됨. 소설 《소멸Auslöschung》 출간.

1988년 〈영웅 광장Heldenplatz〉이 빈에서 초연되어 정치권과 매스컴의 관심을 받음.

1989년 2월 12일 오스트리아의 그문덴에서 심장 질환으로 사망.

비트겐슈타인의 조카(리커버)

초 판 1쇄 발행 | 2014년 3월 24일
개정판 1쇄 발행 | 2022년 11월 24일

지은이 | 토마스 베른하르트
옮긴이 | 배수아
펴낸이 | 이은성
편 집 | 구윤희 · 이한솔
디자인 | 백지선
펴낸곳 | 필로소픽

주 소 | 서울시 종로구 창덕궁길 29-38, 4-5층
전 화 | (02) 883-9774
팩 스 | (02) 883-3496
이메일 | philosophik@naver.com
등록번호 | 제2021-000133호

ISBN 979-11-5783-275-0 03850

필로소픽은 푸른커뮤니케이션의 출판 브랜드입니다.